후회하는 당신에게
들려주고픈 후회 이야기

후회하는 당신에게
들려주고픈 후회 이야기

강다원　　강수빈　　김민경　　김민지　　김보민　　김준석

김지우　　김희준　　박원균　　박지연　　박지영　　박채연

방하은　　송민주　　신혜정　　안은상　　양예은　　이　결

이인희　　정우진　　정유민　　정유진　　조수완　　조아림

지가람　　진형준　　홍다영　　　　　　　　　최혜만 엮음

　　우리는 흔히 실패를 딛고 성공한 사람들의 이야기에 열광하고 그들의 삶에서 교훈을 얻으려 한다. 아쉽게도 당신과 나와 같은 평범한 사람들에게 그런 화려한 이야기는 없다. 하지만 각자의 삶에 충실한 우리 모두는 누군가에게 들려줄 만한 저마다의 인생 이야기를 가지고 있다. 지난겨울, 코로나 방역으로 노인회관에서 모일 수 없게 된 백발의 노인들이 추운 날씨에도 불구하고 야외에 모여 앉아 대화를 나누시는 모습을 종종 보았다. 그리고 문득 그분들의 이야기가 궁금해졌다. 그간 후회와 관련된 연구를 해오면서, 언젠가는 후회를 주제로 한 사회 참여 프로그램을 꼭 한번 기획해 보고 싶었다. 더 늦어지면 후회하게 될 것이 뻔하기에, 학생들과 뜻을 모아 그간의 바람을 행동으로 옮기게 되었다.

　　이 책은 가천대학교 심리학과에서 진행한 〈최고의 후회를 찾아서〉라는 다소 거창한 제목의 프로젝트 결과물이다. 이 시대를 살아가는 100여 명의 평범한 사람들의 인생 이야기와 그에 대한 후회를 담았다. 수업에 참여한 심리학과 학생들이 자신들의 후회 경험을 진솔하게 고백하고 있고, 학생들이 주변에서 만날 수 있는 사람들의 후회 이야기를 듣고 그중에서 자신에게 가장 울림이 컸던 '최고의 후회' 이야기를 전하고 있다. 이 책은 2020년대를 살아가는 젊은이들의 사랑, 도전, 꿈, 용기, 그리고 인간관계에 대한 고민과 희망이 녹아 있는 후회 교과서이자 우리들의 자화상이다. 따라서, 이 책에 실린 이야기는 당신의 이야기이기도 하다.

우리는 후회의 내용이 다를 뿐 그 누구도 후회로부터 자유로울 수 없다는 것을 이미 알고 있다. 최선을 다했다고 생각한 현재도, 절대 후회할 것 같지 않을 지금의 선택들도, 결국 시간이 흘러 돌이켜 봤을 때 아쉽고 후회되는 부분이 보이기 마련이다. 이 불가항력적인 후회에 대해서 우린 무엇을 할 수 있을까? 오늘에 충실하게 해주고 내일의 기회를 만들어 주는 건강한 후회가 있는가 하면 그렇지 않은 후회도 있다. 좀 더 정확히 말하면, 후회를 대하는 우리의 마음가짐이 건강한 후회를 만들어 낸다. 다행히 이 책에 실린 후회들은 누군가에게 있어서 모두 영양가 있는 후회들뿐이다. 지금 이 순간에도 후회를 애써 외면하고 있을지 모를 그대여, 후회하지 않기 위해서가 아니라 현재와 미래에 도움이 되는 후회를 하기 위해 이 책에 담긴 이야기들을 꼭 읽어보기 바란다.

젊은이들의 후회와 기회를 열다.

최혜민

○
○
목차

2. 나를 넘어 당신에게 닿길 Keyword : 용기

4. 작은 변화 Keyword : 꿈/도전

화해의 타이밍

Keyword : 인간관계

서툰 표현

김민지

우리는 살면서 다양한 사람들을 만난다. 수많은 만남 속에서 나와 잘 맞는 친구를 만나는 일은 꽤나 어려운 일이다. 운명처럼 마음 잘 맞는 친구를 만났다고 하더라도 그 관계를 유지하는 일 또한 마음처럼 쉽지는 않다. 어리숙한 행동으로 상대를 상처받게 하는 일도 종종 일어난다. 나 역시 이러한 이유로 가장 소중한 친구를 잃었던 경험이 있다.

우연한 기회에 만나게 된 내 친구는 정말 솔직했다. 기쁠 때도, 슬플 때도 숨김없이 솔직하게 자신의 감정을 표현할 줄 아는 사람이었다. 처음에는 그 친구의 솔직함에 이끌렸고, 그렇게 우리는 친구가 되었다. 우리는 사소한 것 하나부터 열까지 함께 있으면 모든 게 재미있었다. 함께 웃고, 우는 시간이 많아지면서 자연스럽게 친구는 내 일상의 일부분이 되었다. 친구와 만나면서 나에게는 크고 작은 변화들이 일어났다. 남들에게 내 감정을 더 솔직하고 당당하게 표현할 줄 아는 사람이 되었고, 좋고 싫음에 대해 명확하게 얘기할 수 있게 되었다. 한 가지 어려웠던 것은 그 친구에게 내 감정을 표현하는 일이었다. 친구를 소중하게 생각하고 있음은 분명했지만 행동으로, 말로는 쉽게 표현하지 못했다. 쑥스럽다는 것이 핑계였다. 보고 싶다는 말은 퉁명스러운 짜증으로, 서운하다는 말은 틱틱대는 것으로 대체했다. 나에게는 나름의 애정표현이었으나 친구가 제대로 알아들을 리 없었다.

그 뒤로는 친구와 싸우는 일이 잦아졌다. 사소한 것 하나하나 서로를 탓하기 바빴다. 서로 예민한 시기라서 그렇다고 애써 위안 삼았지만 우리 사이가 전과 달라진 것은 확실했다. 하지만 그러면서도 서로 연락을 끊지는 않았다. 이상한 관계가 지속되었다.

"이럴 거면 그냥 연락 그만하자"

평소와 같이 작은 다툼이 벌어진 날이었다. 싸우다 지친 친구가 참지 못하고 툭, 말을 내뱉었다. 그 말을 듣는 순간 친구에 대한 애정은 순식간에 원망과 증오로 바뀌었다. 어떻게든 친구에게 상처를 내고 싶었다. 고르고 골라 친구가 가장 상처받을 만한 말들만 뱉었다. 그동안 어렵게 쌓아온 관계가 무너지는 것은 한순간이었다. 그렇게 우리는 남이 되었다.

너무 순식간에 벌어진 일이라 틀어진 관계를 수습할 경황도 없었다. 속상한 마음을 주체할 길이 없어 엄마의 품에 안겨 엉엉 울었다.

엄마는 나를 토닥이며 "사람이랑 헤어질 때 꼭 그렇게 나쁘게만 헤어질 필요는 없어. 나중에 어떻게 다시 만나게 될지 모르거든"이라고 이야기해 주었다. 그때의 나는 소중한 친구와의 관계를 지키는 일보다는 내 자존심을 지키는 일이 더 중요했다. 서운한 친구의 마음을 달래주기보다는 내 마음을 먼저 알아주기를 바랐다. 내 서툰 행동으로 인해 벌어진 일은 결국 나에게 다시 돌아와 나와 친구 모두에게 상처를 남겼다. 하지만 이미 뱉은 말을 주워 담을 수는 없었고 당시에는 사과할 용기도 나지 않았다. 가장 소중하게 여긴 친구를 서툰 표현으로 인해 잃었다는 사실이 나를 너무나도 후회하게끔 만들었다. 내가 조금 더 성숙했다면 친구를 잃지 않을 수 있지 않았을까 하는 생각이 나를 괴롭혔다.

시간이 흐른 후, 친구를 다시 마주칠 일이 생겼다. 무작정 친구와 이야기를 나눠야겠다고 생각했다. 용기를 내어 친구에게 말을 걸었고 함께 다툰 당시를 떠올렸다. 그때 일에 대해 사과를 하고 친구와 화해를 했다. 몇 달을 안 본 사이라고 하기엔 꽤 허무한 결말이었다. 이 일 이후, 나는 다른 친구와 혹여 다투더라도 애써 상처 주려고 노력하지 않는다. 우리는 여전히 티격태격한다. 하지만 전처럼 서로를 헐뜯는 말은 주고받지는 않는다. 내 감정을 빙 둘러 표현하기보다 있는 그대로 표현하려고 노력하고 있다. 물론 쉽지는 않지만 소중한 친구를 다시 한번 서툰 표현으로 잃고 싶지 않다. 그렇게 지내다 보니 아주 가끔은 친구를 생각하는 내 마음을 털어놓는 일이 전보단 수월해졌다.

최고의 친구

김민지

'제일 친한 친구'라는 단어를 들었을 때 가장 먼저 떠오르는 친구가 있는가? 만일 있다면, 그 친구에게 당신의 마음을 온전히 표현해 본 적이 있는가? 혹시 편한 사이라고 오히려 함부로 대하고 있지는 않은 가? 나의 최고의 후회는 나의 분신, 친구에 관한 이야기다.

22세 남성 정희건님을 통해 친한 친구와의 단절에 관한 후회의 이야 기를 들을 수 있었다. 친한 관계이니 '괜찮겠지'라고 막연하게 생각하 고 넘어간 것들이 쌓이고 쌓여 결국 관계의 벽을 치게 되었다고 했다. 인터뷰를 보며 나는 내 인간관계에 대해서도 다시 한번 성찰해 보게 되었다. 친구는 가족 다음으로 나와 가장 많은 시간을 함께 보내는 사 람이기에 일상의 많은 부분을 공유한다. 그래서 우리는 친구와의 관계에서 인간관계에 대한 많은 것을 배울 수 있다. 그중에서도 가장 친한 친구는 서로 더 많은 것을 배우지만, 더 쉽게 상처를 주고받기도 한다. 편한 사이니까 이 정도는 이해해 주겠지, 하는 생각들이 드는 순간 관계는 쉽게 무너지기 마련이다. 잘못된 내 행동, 말들에 후회가 드는 순간에는 이미 친구는 내 곁을 떠났을 수도 있다. 나는 친구와 싸울 때, 나에게서 원인을 찾기보다는 친구에게서 원인을 찾고는 했다. 내게 원인이 있다는 사실을 인정하기가 자존심이 상했던 것 같다. 말하지 않아도 당연히 친구가 나의 상황을 이해해줄 것이라고 생각했다.

이에 대한 심리학적 원인을 찾자면, '자기고양동기(self-enhancement motivation)'를 들 수 있다. '자기고양동기'란, 자신에 대한 호감을 유지하고 보호하려는 욕구를 뜻한다. 사람들은 말 그대로 자신이 실제보다 더 바람직하다고 생각한다는 것이다. 자기고양동기는 자존감 부분에서 긍정적인 면도 존재하지만, 부정적인 부분도 존재한다. 흔히들 말하는 내가 하면 로맨스, 남이 하면 불륜이 될 수 있기 때문이다. 내 행동은 상황이 그래서 어쩔 수 없는 것이고, 친구가 그런 행동을 하면 용서할 수 없는 일처럼 여기는 것이다. 이러한 잘못된 인식은, 자신의 잘못을 인정하기보다 외부에서 원인을 찾게 한다. 예를 들어 친구와의 싸움에서는 친구만을 탓할 가능성이 있다. 나 역시도 이전에는 친구와 싸우면 항상 친구의 상황은 고려하지 않은 채 친구를 탓하기 바빴다. 내가 틀렸다는 것을 인정하는 것이 친한 사이이기에 더 쉽지 않았다. 하지만 나의 정답이 모두에게 정답이 될 수 없듯, 친구와의 관계에서도 그렇다는 사실을 잊지 말아야 한다.

조금 더 성숙한 표현을 할 수 있게 된 지금, 서툰 표현으로 친구와의 관계에 어려움을 겪는 사람이 있다면 꼭 해주고 싶은 말이 있다. 소중하다면 그에 맞는 대우를 해주자. 그리고 착각하지 말자. 내가 말하지 않는 마음을 알아줄 수 있는 이는 없다. 소중한 사람에게 마음 표현하는 일은 부끄러운 것이 아니다. 마음을 전하지 못한 채 짐이 되어 남아 있는 마음은 온전히 나의 몫이다. 불편한 짐이 나를 짓누르지 않도록 지금 당장 표현하는 연습을 해보는 것도 좋겠다. 이미 놓쳐버린 관계라면 후회만 하기보다는, 그때보다 더 나은 사람이 되면 된다. 그러다 보면 누군가에겐 우리도 언젠가 누군가의 최고의 친구가 될 수 있지 않을까?

　어떤 이들은 후회는 쓸모없는 것이라고 말한다. 하지만 분명히 말할 수 있는 건, 우리는 후회를 통해 배우고, 성장한다는 것이다. 더 나은 사람이 되기 위해서는 후회의 과정이 꼭 필요하다. 앞으로 살면서 우리는 의도했든, 하지 않았든 무수한 후회와 마주하게 될 것이다. 하지만 너무 두려워하지는 말자. 이는 분명히 우리의 성장의 밑거름이 될 것이다.

　오늘 당신의 후회는 무엇인가?

우리는 모두 실수를 하고, 어려움을 겪으며,
과거의 일을 후회하기도 한다. 하지만, 당신의 실수가
당신인 것은 아니고, 당신의 어려움이 당신인 것도 아니다.
당신은 당신의 하루와 당신의 미래를 만들어 갈 수 있는
힘을 가지고 여기에 있는 것이다.

-스티브 마라볼리

시절 인연(時節因緣)

박지영

    나의 후회 속엔 무엇이 담겨 있을까. 이에 대해 많은 고민이 있었다. 곰곰이 생각해 봤을 땐, 내게 쓰라린 상처와 동시에 행복을 주었던 것은 인간관계였다. 너무 큰 보람도, 그와 동시에 너무 큰 후회도 남겼던 나의 인간관계, 특히 '시절 인연이 될 용기가 없었던 것'에 대한 후회를 써보고자 한다.

    살면서 한 사람이 맺는 인연은 몇이나 될까? 가늘고 자잘한 인연까지 센다면 너무 많아서 셀 수 없을 것이다. 지금의 나 역시 마찬가지다. 꽤 많은 사람들과 인연을 맺었고, 또 저물었다. 스쳐 지나갈 수 있는 인연에도 마음을 베푼 만큼 받으려 한 기대에 집착하기 전까지만 해도 그랬다.

난 누군가에게 쉽게 마음을 열곤 했다. 늘 나보다 남을 먼저 챙기기 일쑤였고, 그게 좋았고 당연하다 생각했다. 하지만 사람 마음이라는 게 참 간사하게도 100을 베풀었을 때 다는 못 받더라도 어느 정도 챙 김을 돌려받고 싶다고 생각했다. 한 일화로는 종종 내가 아끼는 친구 가 힘이 들어 보이면, 밥 잘 챙겨 먹으라고 매일 안부를 보내곤 했다. 말보단 행동이란 생각에 꽃을 참 좋아하던 친구에게 기운 내라며 꽃 도 사줬던 적이 있었다. 그런 내 마음이 잘 닿았는지, 덕분에 힘이 난 다며 좋아하던 친구를 보고 행복해하던 나였다. 그런데 그 친구가 나 도 힘들 적에, 나보다 다른 친구를 먼저 챙기는 모습을 봤었다. 그 모 습에 적잖은 상처를 받은 나였다. 내가 힘들면 친구가 누구보다 먼저 날 챙겨줄 것이란 기대를 했기 때문이다. 상처를 받은 나는 다른 친구 에게라도 보상받고 싶은 마음에 여기저기 내 마음을 쏟고 다녔었다. 잘해주면 날 떠나가지 않고 잘 대해주겠지란 생각을 했으나, 이런 생 각은 오만이었다. 잘해줄수록 점점 멀어져 가는 듯한 사람들이 있었 기 때문이다. 그런 사람들로 인해 나의 마음속에서는 상처가 하나둘 늘어갔다. 그런데도 한 번 마음을 준 사람들을 쉽게 놓지 못했다. '내 가 혹시나 뭘 잘못했나?' 생각하며 조금만 더 잘해주면, 내가 조금만 더 신경 쓰면 나를 봐줄 것이라고 생각했었다. 누군가에겐 원치 않은 호의일 수 있고, 집착으로 느껴질 수 있는 데 말이다. 또한 돌이켜 보 면 나 역시도 누군가에게는 마음을 알아주지 않는 사람일 수도 있고 스쳐 지나가는 인연일 수 있는데 말이다.

내가 받지 못한 부분을 생각하는 것에 급급하여 미처 생각하지 못했다. 생각해 보면 나는 늘 주변에 있는 사람들을 챙기기도 바쁘면서 새로운 사람들까지도 모두 챙기려 했다. 모두에게 미움받지 않는 사람이 되고 싶은 욕심이 컸었다. 이러한 욕심이 나를 힘들게 했다는 것도 모른 채 말이다.

   내가 맺는 모든 관계들을 잘해내고자 하던 욕심이 끊임없는 반추(rumination)와 자책을 낳았다.. 적절한 반추는 좋지만 지나치면 해롭듯, 잦은 반추와 자책은 나를 갉아먹기 시작했다. 더 이상 관계에 집착하고 싶지 않았던 나는 법정 스님의 말씀을 접하게 되었다. 나에겐 인간관계에 있어 가치관을 바꾸게 한 말씀이기에, 일부 적어보고자 한다.

   "모든 인연에는 오고 가는 시기가 있다는 말이 시절 인연이다. 굳이 애쓰지 않아도 만나게 될 인연은 만나게 되어 있는 것이고 애를 써도 만나지 못할 인연은 만나지 못하는 것이다. 사람이나 일이나 물건과의 만남 또한 깨달음과의 만남도 그때가 있는 법인 것이다. 아무리 만나고 싶은 사람이 있고 혹은 갖고 싶은 것이 있어도 시절 인연이 무르익지 않으면 바로 옆에 두고도 만날 수 없고 손에 넣을 수 없는 법이다. 만나고 싶지 않아도 갖고 싶지 않아도 시절의 때를 만나면 기어코 만날 수밖에 없는 것이다. 헤어짐도 마찬가지다. 헤어지는 것은 인연이 딱 거기까지이기 때문이다. 사람이든 동물이든 재물이든 내 품 안에서 내 마음속에서 내 손 안에서 인연이 딱 거기까지이기 때문이다. 사람이든 동물이든 재물이든 내 품 안에서 내 마음속에서 내 손안에서 영원히 머무는 것은 하나도 없다. 그렇게 생각하면 재물 때문에 속상해하거나 인간관계 때문에 섭섭해할 이유가 하나도 없다"

　법정 스님 말씀처럼 인연은 본래 오고 가는 것이다. 누군가가 나에게, 내가 누군가에게 시절 인연이 될 수 있다는 것. 다른 사람에게 내가 어떤 인연이 때가 되어 합쳐지는 시절 인연이 될 수 있다는 말이다. 그렇기에 굳이 애쓰지 않아도 만나게 될 인연도, 애써도 멀어질 인연도 있기에 그러한 인연이 될 용기를 가져야 한다. 일찍 이를 알았다면 인간관계에 덜 집착하고, 스스로를 자책하며 상처 주는 시간을 덜 보냈을 아쉬움이 있지만, 이런 후회와 경험 덕분에 누군가의 시절 인연이 될 용기를 차츰 얻어갔다.

사람을 대할 때는
불을 대하듯

박지영

인과 : 주면 받고, 받으면 줘야 한다는 것. 하지만 법칙이 있는 인과. '좋은 것을 주면 좋은 것을 받고, 나쁜 것을 주면 나쁜 것을 받는다'는 법칙. 일심 스님께서 학생일 때 크게 깨달은 법칙이라고 하셨다. 그는 인터뷰에서 학교에 선배가 후배를 때려서 위계 정리를 하는 이상한 문화가 있었는데, 그때 자신에게 한 대 맞은 후배들이 맞은 것에 화가 나, 자신을 복수로 때렸다고 했다. 폭행에 대한 대가로 후배는 학교 자퇴를 했는데 이때 스님은 한 대가 수백 대가 되어 돌아온 것이 인과의 법칙임을 깨달았다고 하셨다. 그리고 이런 인과가 후회와 본질이 비슷하다고도 하셨다. 여러 도전을 해야 결과가 나오고, 이 결과가 마땅치 않으면 후회하지만 좋으면 후회를 안 하고, 무엇이든

도전을 통해 배움이 있다는 것이 후회의 본질임을 말씀하셨다.

　이런 스님의 경험과 깨달음, 그리고 후회에 대한 정의가 후회에 대한 나의 정의와 일맥상통하여 최고의 후회로 선정했다. 스님의 후회 경험보다는 그것에서 얻은 후회에 대한 정의가 내겐 크게 와닿았기 때문이다. 난 늘 경험은 많을수록 좋다는 가치관이다. 그래서 후회도 살아가며 필연적인 경험이기에, 부정적이기보다는 오히려 긍정적으로 바라본다. 일심 스님의 말씀처럼 후회는 살아가며 있는 자연스러운 법칙 같은 것이니까. 후회가 있어야 내가 얻은 교훈이 있을 테고, 이를 통해 성장할 수 있다고 생각한다.

　후회뿐만 아니라 스님께서 말씀하신 인과에 관해 내가 매년 후회하는 '인간관계'에 적용하여 깨달은 바가 있다. 나의 인간관계는 헌신과 집착이 가득했다. 헌신할수록 잘해주겠진 나의 기대와 생각이 다른 사람도 같은 생각일 것이라는 허위 합위 효과(false consensus effect)를 불러일으켰고, 이는 곧 내게 상처로 돌아왔다. 인과가 준 만큼 받는다는 것은 맞지만 사실 당장 받으리란 보장이 없는데, '받을 수 있겠지'란 기대가 자신을 상처 냈음을 깨달았다. 앞선 나의 후회와 관련된 글에서 언급했듯, 법정 스님도 일심 스님도, 무엇이든 내가 한만큼 돌아오게 되어 있기에 너무 속상해할 필요가 없다는 것이 가장 큰 울림이자 깨달음, 나의 인생의 정수가 되었다.

　시절 인연은 필연적이며 자연스러운 법칙이며 인과 역시 관계에서 준 만큼 받게 되어 있다는 법칙이 존재하기에. 그리스의 철학자 디오게네스의 명언처럼 "사람을 대할 때는 불을 대하듯 대하여, 다가갈 때는 타지 않을 정도로만 떨어질 때는 머지않을 만큼만" 즉, 지나치게 잘해주어 스스로 보상을 바라는 기대를 하지 말 것이며, 보상을 받지 않았다고 하여 한순간에 실망하고 속상해하지 말 것을 되뇌고 되새기게 되었다.

사람을 대할 때는 불을 대하듯

사람을 대할 때는 불을 대하듯이 하라.

다가갈 때는 타지 않을 정도로 떨어질 때는 멀지 않을 만큼만.

-디오게네스

· 박지영 ·

여러 사람들과의 관계에서 행복을 느끼는 한 대학생.

그녀가 전하는 인간관계 속의 후회와 깨달음,

그리고 시절인연이 될 용기에 관한 글입니다.

자이가르닉

방하은

　누구나 한 번쯤은 시간을 돌려 다시 만나고 싶은 사람이 있을 것이다. 그것이 가족이든 친구든 연인이든 처음을 다시 시작해 보면 내가 겪었던 아쉬운 끝이 달라지지 않을까 하는 기대를 품고 말이다. 나는 관계가 정의되지 않은 채 끝났던 한 관계에 대한 후회가 지금의 나를 만들었다. 그 사람과의 관계에서 지금의 취향이 만들어지고 지금의 성격과 가치관이 완성되었다고 해도 과언이 아니다. 한마디로 말하면 첫사랑?이라고 해도 뭐 틀린 말은 아닐 것 같다.

　20살, 대학에 입학하고 나서 코로나로 인해 내가 꿈꿨던 대학생활을 해보지 못하고 대학 친구들도 거의 사귀지 못한 채 집에서 뒹굴거리고 있을 때였다. 당시 유아교육과에서 진행했던 엠비티아이 짝꿍 만들기 행사가 있었는데 가볍게 같은 학교 친구를 만들 목적으로 참여했다. 그런데 매칭된 친구가 메디컬 캠퍼스에 다니고 있는 동갑 남자애였다. 내가 놀라웠던 건 서로 엠비티아이만 똑같았던 게 아니라 좋아하는 영화, 책, 작가, 음악, 음식 등 모든 취향이 거의 일치했다는 점이었다. 사실 나는 중고등학교 모두 남녀공학을 나오긴 했지만 낯을 많이 가리는 성격 탓에 친한 남자애가 한 명도 없었었고 고등학교 때는 남녀 분반이었기 때문에 인사하고 지내는 남자애 한 명조차 없었다. 그래서 이렇게 남자인 친구를 알게 된 것도 어색한데 취향이나 성격이 나와 같은 사람을 만났다는 사실 하나가 나를 매우 들뜨게 만들었다. 하지만 이런 점들이 곧 이성적인 호감으로 이어지진 않았다. 왜냐하면 당시 나는 같은 동아리 팀장 오빠를 좋아하고 있었고 거의 반 포기 상태였기 때문에 누군갈 새로 좋아할 여력이 없었기 때문이다.

그렇게 거의 2주 넘게 연락만 이어가다가 만나게 되었다. 지금 와서 생각해 보면 그건 친구로서의 연락이 전혀 아닌 게 누가 봐도 티가 났지만 경험치가 0이었던 나는 단 1%의 눈치를 채지 못했다. 처음 마주한 날이 되서야 나는 그 친구에게 호감을 느꼈다. 하지만 마음의 준비가 전혀 되어 있지 않았던 나는 상대방이 자신을 싫어하나?라고 생각이 들 정도로 그가 하는 말에 반응도 못 해주고 연신 뚝딱거림을 반복하다 집으로 돌아왔다. 돌이켜 보면 그 친구는 헤어지기 직전까지 나에게 호감의 표시를 냈던 것 같은데 난 그마저도 알아차리지 못한 게 뒤늦게 아쉽다. 나중에 들은 이야기인데 내가 호감을 가지고 나니 그 친구는 자신에게 마음이 없다고 확신하고 자신도 감정을 정리하려고 다짐했다고 한다. 내가 가진 감정을 시간이 지나서 깨달은 나는 그제서야 직접적인 말로 그 친구의 마음을 돌려보려 했지만 때는 이미 늦은 뒤였다. 그 당시 이제 연락을 그만하자는 말에 난 그냥 알겠다고 했고 그 뒤로도 상대 쪽에서 연락이 몇 번 왔지만 차마 단호하게 굴 수 없어서 다 받아주었다.

이 관계의 시작과 끝은 내게 정말 많은 영향을 주었다. 20살의 나는 둘의 공통점이 너무 많아서 다른 점 하나가 매우 크게 느껴졌기에 가장 단순하게 그 사람의 취향을 완전히 따라가 보기로 했었다. 내가 가지고 있던 취향에 그 사람의 취향이 더해지면서 지금의 단단한 취향이 확립되었다. 그리고 사람을 대하는 방식도 그 전과는 180도 달라지게 됐다. 그 누구보다 감정에 솔직한 사람이 되었고 내 감정에 확신이 들면 직접 표현하기도 하며 관계에 있어서 후회나 미련이 남지 않게 순간순간에 최선을 다하기로 했다. 하고 싶은 말은 무조건 하기로 했다. 그게 상대방에게 상처가 되지 않는 이상 내가 이 말을 안 하면 나중에 후회할 것 같다는 생각이 들면 웬만하면 말로 옮기는 편이다. 그 친구는 내게 정말 많은 후회와 미련과 아픔을 남겼다. 나는 그 뒤로 누군가를 좋아할 수 없을 것 같다는 생각이 들 정도로 정말 오랫동안 감정 정리를 하지 못했다. 어쨌든 시간은 모든 걸 해결해 주는 법. 지금은 고마운 감정이 더 크다. 만약 어디선가 마주치게 된다면 고맙다는 말은 꼭 전하고 싶다. 불안정했던 20살의 나를 그 누구보다 강하고 단단한 사람을 만든 건 그 친구의 영향이 제일 크기 때문이다.

처음 표현하는 게 어렵지, 마음먹고 한 번만 시도해 보면 세상에서 제일 쉬운 일이 된다. 그냥 지금 느낀 걸 말로 상대방에게 전달하는 과정인데 그때는 그러면 무슨 큰일이라도 나는 줄 알았다.

나는 모든 경험에는 배울 점이 있다고 생각한다. 나에게 마냥 안 좋은 감정만 준 경험이라고 해도 뒤돌아보면 분명 나에게 영향을 미친 점이 있기 때문에 후회를 안 할 순 없겠지만 조금이라도 덜 하려면 그 순간에 최선을 다하고 솔직해야 한다는 걸 느꼈다. 그리고 그때의 일이 더 후회되는 건 관계를 제대로 완성시키지 못하고 끝났기 때문에 마음속에 남아 있는 것 같다.

Say Hello Inner Child

방하은

　'최고'의 후회란 무엇일까? 후회들 가운데 최고를 정할 수 있을까? 최고의 기준은 무엇으로 정해야 할까?

　27명의 녹취록을 읽으면서 하나의 공통점을 찾을 수 있었다. 여러 분야의 주제로 다양한 내용이 나왔는데 역시 '말', '표현'의 문제가 대부분의 공통점이었다. 나 또한 관계를 중심으로 인터뷰를 진행했는데 3명 모두 표현에 대한 후회를 자신의 인생에서 가장 큰 후회로 꼽았다. 단순히 표현을 못다 한 후회도 있지만. 표현 방식의 차이를 통해 관계가 악화되기도 하고 표현이 관계에 있어서 많은 영향을 준다고 느꼈다. 관계에 있어서 솔직하지 못했던 표현들이 갈등을 불러오거나 후회를 만들어 냈고 나도 그 점에 크게 공감했다.

내가 선택한 최고의 후회는 직접 인터뷰한 수도권 대학에 다니고 있는 이건(가명)의 후회이다. 이 사람은 나와 꽤 오랜 인연을 이어나간 친한 친구이자 좋은 영향을 주는 사람이다. 하지만 인간관계에 있어 나와 다른 생각을 가진 친구였는데 이 인터뷰를 진행하면서 그 친구의 생각이 많이 바뀌었다고 한다. 좁고 깊은 인간관계를 추구하는 건 동일하지만 사람을 대하는 태도와 생각은 나와는 다른 부분들이 많았다. 이건 씨는 자신과 나이도, 학교도 달랐던 사람 2명과 꽤 오랜 시간 동안 친분을 유지했는데 자신이 그 친구들에게 과도하게 의지하고 집착했던 태도로 인해 관계가 단절됐던 경험을 이야기해 주었다. 정서적으로 불안했던 과거 시절, 자신의 예민함을 친구에게 쏟아내기도 하고 자신의 일 하나하나 사소한 부분까지 얘기하며 친구에게 부담을 많이 준 것 같다고 얘기했다. 또 마지막에 자신의 표현 방식이 매우 직설적이었고 사실 마음은 그렇지 않은데 말은 툭툭 내뱉게 되어 자신도 모르게 친구가 서운할 만한 일을 만든 것 같아 후회가 남았다고 한다. 왜 지금까지 큰 후회로 남느냐는 질문에 함께한 시간이 길었던 만큼 내 모든 모습을 아는 친구가 나이가 들어갈수록 적어진다고 생각했고 그래서인지 유년기의 친구가 더 소중하게 느껴졌다고 답했다. 가식을 부리지 않아도 편한 사이를 만들기 힘들다고 생각해서 그 관계가 그리웠고 이상적이라고 생각했다는 이건 씨의 말은 나에게도 큰 공감이 되었다. 전학을 많이 다닌 탓에 오래된 친구가 없는 나에게는 익명2님의 후회가 어느 정도 이해가 되었다. 그리고 정서적으로 안정이 되고 나서야 그때의 잘못이 생각나고 너무 잘 보여서 그때로 돌아가 현재를 되돌리고 싶다는 생각을 했다고 한다. 이 후회를 하고 나서 인간관계에 있어서 집착이나 너무 심한 의지를 하지 않으려 노력을 많이 하게 되었고 좁고 깊은 인간관계만을 추구하기보다 넓고 얕은 관계도 수용할 수 있게 되었다고 한다. 사람을 사귀고 유지하는 방식은 사람마다 다 다름을 인정하고 받아들이자는 가치관이 형성되었다는 말 또한 나와 비슷한 부분이라고 생각돼 인터뷰 내내 공감이 많이 됐다.

내가 진행했던 다른 인터뷰들 중 하나도 표현에 관련된 후회였다. 이를 통해 사람에 대한 표현은 남녀노소 할 것 없이 누구나 후회하는 내용이라고 생각했고 나 또한 표현을 많이 하지 않는 사람으로서 스스로를 돌아보게 하는 계기가 되었다.

생각해 보면 모든 관계에서 중요한 부분이 바로 표현인 것 같다. 자신의 생각과 감정을 상대방에게 솔직하고 직접적으로 전달할 수 있는 수단이 '말'이라고 생각하는데 많은 사람들이 이렇게 직접적인 표현에 있어서 부끄럽거나 어색하다는 핑계로 마음껏 표현하는 일이 적은 것 같다. 하지만 이러한 것들이 우리의 삶에서 갈등과 아쉬움과 후회를 만들어 낸다고 생각이 들었다. 인터뷰를 진행하며 수업 시간때 배운 매슬로우의 욕구이론이 떠올랐다. 우리가 관계 속에서 후회가 남는 이유는 상대에 대한 기대가 무너지거나 기대 이하인 결과를 맞닥뜨렸을 때인 것 같다. 우리는 모두 애정에 대한 욕구가 있다. 다른 사람들과 관계를 맺고 사랑과 애정을 받고자 하는 우리의 욕구는 관계의 기반이 된다. 상대에게 애정을 계속 받고 싶어 눈치를 보느라 직설적인 표현을 할 수도 없고 애정을 받기 위해 내뱉었던 말이 오히려 상대에게 엇갈린 방향으로 다가가 갈등을 불러오기도 한다.

이건 씨의 후회 후 자신의 가치관과 사람을 대하는 태도가 많이 바뀌었다고 하실 때 하나의 후회가 한 사람의 성격과 인생을 바꿀 수 있구나라는 깨달음을 얻게 됐다. 그래서 나도 후회가 남지 않도록 내가 할 수 있는 한 가족과 친구들에게 솔직하게 표현하는 사람이 되어야겠다고 다짐하게 되었다. 나에게 이런 생각을 하게 해주었고 또 많은 분들이 공감할 수 있는 내용이라고 생각해 이 인터뷰를 최고의 후회로 선정하게 되었다.

과거로 돌아가서 우리의 과거의 시작을 바꿀 순 없지만,
지금부터 시작해서 우리의 미래를 바꿀 순 있다.

―제임스 셔먼

화해의 타이밍

신혜정

"뭐야? 둘이 이제 인사 안 해?"

"아 몰라! 나랑 모른 척하고 싶나 보지!"

한때는 가족보다 많은 시간을 보내고, 서로에 대해 모르는 게 없을 만큼 누구보다 많은 걸 공유했다. 하지만 지금의 우리는 길을 가다 마주치면 인사를 하지 않는다. 함께 카페에 가서 시시콜콜한 이야기를 하면 웃을 수도 없다. 왜 이렇게 된 걸까? 꼬여버린 관계에 대한 속상한 마음을 친구를 탓하며 보낸 날이 참 많았다. 정말 많이 미워하고 친구가 불행하면 좋겠다는 생각도 했다. 처음부터 이렇게 엉망진창인 관계는 아니었는데…. 우리가 이렇게 모르는 사이처럼 지내게 된 계기는 중학교 시절로 되돌아간다.

중학교 2학년, 새로운 학교로 전학을 가게 되었다. 새로운 환경에서 적응하지 못할까 봐 걱정도 많이 됐고 두려웠다. 그런 상황에 가장 큰 도움을 준 사람이 바로 K였다. 덕분에 학교에 적응도 빨리하고 친구도 많이 사귈 수 있었다. 학교 끝나면 같이 떡볶이를 먹으러 가고, 밤새서 게임하고, 집에서 같이 뒹굴거리며 재밌는 시간을 보냈다. 다른 친구들이 알면 서운할 수도 있지만 그때의 가장 힘이 되고 좋은 친구는 K였던 것 같다. 그렇게 2학년이 끝나고 3학년이 되었다. 우리는 같은 반이 됐고 처음 몇 개월은 평소처럼 잘 지냈다. 하지만 점점 같이 보내는 시간들이 줄어들기 시작했다. 학교가 끝나면 학원에서 보내는 시간이 많아졌기 때문에 전처럼 자주 놀 수 없었다. 학교에서도 분반 수업 때문에 같이 있을 수 있는 시간이 적었다. K와 나 모두 각자 다른 친구와 있는 시간이 더 많아지자 서로에게 소홀해졌고, 조금씩 서운함을 느꼈던 것 같다. 하지만 둘 다 자존심 때문이었을까? 우리는 틱틱거리고, 상처가 되는 말을 하며 잘못된 방식으로 서운함을 풀었다. 그러자 그 자존심은 관계의 보이지 않는 벽을 세웠다. 그 벽을 부술 수 있는 것은 솔직함과 용기뿐이었는데 그때는 그게 참 부족했다. 결국 우리는 아무것도 해결하지 못하고 어색한 사이로 중학교를 졸업했다. 그리고 지금도 각자의 자리에서 다른 삶을 살고 있다.

이따금 동네를 돌아다니다가 몇 번 마주쳤지만 서로 약속이라도 한 듯 모른 척 지나갔다. 그러다 몇 달 전 친구들이 다 같이 모이는 자리에서 K를 만난 적이 있다. 그동안 잘 지냈는지 뭐 하고 지내는지에 대한 간단한 안부인사만 나눴다. 둘 중 누구도 그때의 이야기는 하지

화해의 타이밍

않았다. 너무 많은 시간이 지나버려서 그때의 기억을 다시 들추는 것이 오히려 우리를 더 불편하게 만들 것 같았다. 감정과 기억이 희미해지기 전에 해결했어야 했는데 그러지 못했다. 용기없고 솔직하지 못했던 그 시절에 아쉬움이 남는다. 하지만 그런 감정을 경험했기에 나는 조금 더 성숙한 사람이 될 수 있었다. 지금의 나는 소중한 사람에게 매 순간 솔직하고 진심을 다하려고 노력한다. 종종 친구들을 통해 K의 이야기를 전해 듣는다. 만약 과거에 다른 선택을 했다면 지금의 우리는 조금 다른 모습이지 않았을까?

심리학에서는 인간의 발달에 결정적 시기(critical period)라는 것이 존재한다고 본다. 결정적 시기는 어떤 심리적 특성이나 행동이 획득되는 특정 시기가 존재하고, 그 시기가 지나면 그것들을 획득하기 어려워진다는 것을 뜻하는 개념이다. 화해도 비슷하지 않을까? 꼬여버린 관계에는 그것을 풀 수 있는 시기가 있다. 하지만 그 시기가 지나버리면 그 관계는 점점 풀기 어려워지게 된다. 나는 더 이상 K를 미워하지도, 그 친구의 불행을 빌지도 않는다. 오히려 서툰 행동으로 상처받게 하고, 조금 더 좋은 친구가 되어주지 못해 미안하다. 하지만 이 이야기를 전하기에도, 서운함을 풀고 다시 예전 같은 사이로 돌아가기에도 늦었다. 우리는 화해의 타이밍을 놓쳤고, 그 관계는 후회로 남았다. 뻔한 이야기처럼 들릴지도 모르지만 잃고 싶지 않은 관계라면 자존심은 조금 내려놓자. 솔직하게 감정을 표현하자. 아직 당신에게는 화해의 결정적 시기가 계속되고 있을지도 모른다! 소중한 관계를 후회로 남기지 않길.

마지막 문자

신혜정

'띠링'

4년 전 겨울, 과외 수업을 하던 중 휴대폰에 문자 한 통이 도착했다. 대학교 때부터 친하게 지내온 친구의 부고 문자였다. 같이 여행도 많이 다니고 다른 사람한테 하지 못하던 이야기도 스스럼없이 할 수 있던 정말 가깝던 친구⋯. 매일 통화하면서 웃고 떠들었던 친구가 하루아침에 떠났다. 서로에게 소홀해지던 시기에 듣게 된 소식이라 더 충격이 컸다. 둘 다 사회생활을 하고 나서부터 나는 나대로 친구는 친구대로 각자의 일을 하느라 바빴다. 그리고 연애를 시작하면서부터 남자친구와 보내는 시간이 많아졌기 때문에 그 친구와는 점점 멀어졌다. 연애를 해서, 일이 바빠서 이런 이유들은 어디까지나 내 죄책감을 덜기 위한 핑계였을지도 모른다.

친구는 오래전부터 우울증을 앓고 있었다. 솔직히 말하면 그 친구와의 관계에 조금 지쳤다. 어느 순간부터 부정적인 이야기만 하게 되는 전화를 받고 싶지 않았다. 똑같은 말을 반복하는 걸 들어주는 것도 지겨웠다. 내가 힘든 날이면 더욱 그것들을 감당하기 어려웠다. 일부러 전화를 피하는 날도 많아졌었다. 최근에 연락이 잘 안 됐었는데 예전에도 그런 적이 있었기 때문에 이번에도 대수롭지 않게 생각하고 넘겼다. 그런데 이렇게 갑작스러운 이별이 찾아올 줄은 몰랐다. 하루만이라도 내 시간을 그 친구에게 기꺼이 내어줬더라면, 조금 더 관심을 가지고 챙겨줬더라면 좋았을 텐데 하는 아쉬움이 남는다. 요즘 행복한 일이 생기면 문득문득 그 친구가 생각난다. 살아 있었다면 내 행복을 누구보다 축하해 준 친구일 텐데…. 나도 지금 이렇게 그 친구를 필요로 하는데 정작 그 친구가 필요로 할 때에 너무 내 생각만 한 것은 아니었을까? 가끔 그 친구와의 행복했던 시간을 떠올리며 조금 이기적이었던 나를 후회한다. 이 이야기는 30대 한 과외선생님의 후회이다.

살면서 정말 많은 사람과 관계를 맺는다. 항상 모든 관계에 최선을 다하기 어렵기 때문에 우리는 알게 모르게 그것들에 우선순위를 둔다. 그리고 그것에 따라 사람을 대하는 마음의 크기는 참 상대적이다. 아쉽게도 대부분의 사람들의 1순위는 자신인 듯하다. 모든 관계는 노력하지 않으면 어느 순간 멀어지게 된다. 그동안은 관계가 멀어진 이유들은 다른 곳에서 찾으며 내 잘못은 없다고 합리화해 왔다. 하지만 그럴수록 우린 자신의 우선순위를 돌아볼 필요가 있다. 내가 너무 이기적으로 행동하지는 않았는지, 다른 사람의 입장에서는 얼마나 생각해 보았는지 돌이켜 봐야 할 것 같다. 소중한 친구를 떠나보낸 선생님의 후회는 소홀한 관계에 대처하는 우리의 무관심을 날카롭게 찌른다. 지금 우리의 곁에 있는 사람들의 소중함을 잊지 말라는 교훈을 전하면서.

이미 해버린 행동에 대해 계속 자책하고 생각한다고 해서 그때로 돌아갈 수는 없다. 이런 측면에서 후회는 조금 미련한 짓일지도 모른다. 하지만 우리는 그런 경험을 통해 조금 더 나은 사람이 되어가는 과정을 거친다. 이것이 후회가 우리에게 주는 선물이 아닐까? 앞으로는 '그때 했으면 좋았을걸', '그때 하지 말걸'과 같은 후회가 아닌 '오늘은 꼭 잘하자'와 같은 결심들로 하루를 채워갔으면 좋겠다.

아무도 과거로 돌아가서,

새로운 시작을 맞이할 수는 없지만, 누구나,

오늘 새로이 시작할 수 있고 새로운 결말을 만들 수는 있다.

———

-마리아 로빈슨

나를 지키는 이기심

양예은

진아(가명)는 첫 만남부터 나와는 많이 다른 친구였다. "너랑 친해지고 싶어", "나랑 밥 먹으러 가자", "너랑 잘 맞을 것 같아"와 같은 말을 스스럼없이 했다. 어색했지만 거절하지 못해 함께 밥을 먹고 도서관에 가며 서서히 진아와 가까워졌다. 진아는 나의 잔잔함을 좋아했고 나는 감정에 솔직한 진아가 신기하고 재밌었다. 조금 허술한 데가 있는 나를 진아가 챙겨주기도 했다. 그러나 다름이 불편하게 다가오는 순간이 찾아왔다.

수학여행 첫날이었다. 방에서 짐정리를 하고 있는데 진아에게 전화가 걸려왔고 평소에도 통화를 자주 했었기에 대수롭지 않게 수신 버튼을 눌렀다. 전화를 받자마자 나는 진아에게 무언가 안 좋은 일이 생겼음을 알 수 있었다. 진아의 이야기는 이랬다. 경주로 향하는 버스를 탔는데 진아와 옆자리에 앉기로 약속했던 친구가 다른 친구와 앉아 있었다. 당황한 진아가 "너 나랑 앉기로 했잖아"라고 말했더니 갑자기 분위기가 싸늘해졌다. 그리고 잠시 뒤, 누군가가 "불편하다잖아"라고 짜증 섞인 말투로 말했다. 당황한 진아는 혼자 뒷자리에 가서 앉았고 이날 이후 진아는 이유도 모른 채 반 친구들과 멀어졌다. 나는 갑자기 점심을 먹을 친구가 사라진 진아와 함께 점심을 먹었고 쉬는 시간에도 종종 같이 있었다. 내 마음이 불편해서 그렇게 했다. 그러던 중 진아와 같이 다니는 나를 아니꼽게 보는 시선들이 생겨났고, 함께 밥을 먹지 않는 것에 대한 반 친구들의 서운함도 풀어줘야 했다. 그때는 이런 것들을 감당하기가 힘들었다. 조금은 억울했던 것 같기도 하다. 참는 게 익숙했던 나는 그러지 못하고 다른 사람들과 자주 부딪히는 친구가 점점 이해되지 않았다. 불만이 쌓여가는 나와 달리 진아는 나를 항상 좋게 봐주었다. "널 만나서 다행이야", "넌 정말 착한 것 같아"라는 말을 들을 때마다 난 '나 그렇게 착한 사람 아닌데'라는 생각을 하며 조금은 죄책감을 느꼈다.

힘든 일은 한 번에 찾아온다는 말이 실감될 정도로 당시 진아는 인간관계, 가족문제, 전부처럼 느꼈던 대학입시까지도 잘 풀리는 것이 없었다. 무엇 하나 마음대로 되지 않는 상황 속에서 진아는 점점 나에게 의지하게 됐고, 나는 지치기 시작했다. 휴대폰에 찍힌 부재중 전화와 하소연하는 문자들이 버겁게 느껴졌다. 결국 나는 진아가 했던 사소한 말실수를 핑계로 진아와 서서히 멀어지기로 마음먹었다. 몇 달간은 바쁘다며 연락을 피했다. 진아는 나의 변화를 눈치채고 계속해서 대화하려고 했다. 그러나 나는 불편한 이야기를 해야 하는 상황에서 도망치고 싶었다. 어디서부터 어디까지 이야기해야 할지 몰라서, 다시 가까워질 자신이 없어서 표면적으로 드러난 실수 이야기만 겉돌며 내 잘못은 없다고 합리화했다. 얼마 지나지 않아, '난 너랑 안 맞는 것 같아 연락 그만하자'라는 짧은 문장으로 우리의 관계는 끝났다. 고민한 시간에 비해 별일 아니었다. 생각을 하지 않으면 편했다. 아무것도 아니라고 생각하면 아무것도 아닌 게 되기도 했다.

진아와의 관계를 되돌리고 싶은 건지는 모르겠다. 그러나 그때 적어도 나의 감정을 솔직하게 이야기했더라면 지금과는 다른 결과를 맞지 않았을까라는 생각은 든다. 그때로 돌아가면 내 마음을 털어놓을 용기를 낼 수 있지 않을까, 결국 멀어지게 되더라도 서로를 이해하고 좋은 마무리를 할 수 있지 않을까. 나를 보호하기 위해, 내가 상처받지 않기 위해 친구가 상처받을 것을 알면서도 외면했던 것에 대한 후회가 가끔 머릿속에 스친다. 난 정말 이기적인 선택을 했었다.

우리는 꽤 많은 후회를 경험하며 살아간다. 나의 크고 작은 후회들은 대부분 하나로 수렴한다. 무언가를 '해서'보다는 '하지 않아서' 후회했다. 항상 안전하기 위한 선택을 해왔다. 진로에 있어서도, 인간관계에 있어서도 불확실함이나 위험을 감수하는 것이 어려웠다. 선택의 방식에 변화가 필요함을 자각하자 작은 시작에 가치를 두기 시작했다. 고민하는 시간을 줄이고 실행에 옮기는 법을 배우고 있다.

이처럼 후회는 우리를 더 나은 사람으로 만든다. 성장하고 싶게 한다. 그러나 후회라는 감정에 깊게 빠져드는 것보다는 동시에 그때의 나를 인정해야 한다. 진아와의 일을 겪을 당시 나는 성숙하지 못했고 예상치 못한 어긋남에 대처할 줄 몰랐다. 과거의 우리는, 과거의 나는 그런 사람이었던 것이다. 과거의 나를 받아들이고 후회를 조금은 멀리서 바라볼 수 있게 되었을 때, 그것은 비로소 삶의 훌륭한 나침반이 되어 줄 수 있다.

괜찮은 가족

양예은

선아(가명)의 집에는 오늘도 익숙한 정적이 흐른다. 굳게 닫힌 방문은 멀게만 느껴진다. 학교에서 무슨 일이 있었는지 재잘재잘 이야기하고 선아의 손을 꼭 잡고 자던, 다정했던 아들의 모습은 추억으로만 남아 있다. 아이와 대화할 수 있는 유일한 시간은 저녁 식사시간이다. 그마저도 선아의 질문과 아들의 짧은 대답이 몇 번 오가는 것이 전부지만 말이다. 아들에게 사춘기가 찾아온 뒤로 두 사람의 관계는 마치 하숙생과 집주인 같았다. 선아는 몰려오는 허탈감을 견디기 힘들었다. 물론 이런 시기가 청소년기에 한 번쯤은 온다는 것을 모르는 건 아니다. 자식이 사춘기가 되면 부모 곁을 떠난다는 말은 수도 없이 들어왔다. 그리고 그런 자식을 잘 떠나보내는 것이 부모의 역할이라고 했다. 아이가 온전히 독립된 인간으로 세상을 살아가게 하는 것 말이다. 그 말조차도 잔인하게 느껴졌다. 놓쳐버린 시간들이 다시는 오지 않을 거라고 말하는 것만 같았다. "커가는 과정이다", "누구나 그러는 거다"라는 말들은 아이와 충분히 함께한 부모만이 할 수 있는 말인 듯했다.

선아의 아들, 준이(가명)는 아침에 1등으로 유치원, 학교에 가고 가장 늦게까지 남아 있는 아이였다. 대부분 끼니를 혼자 해결해야 했고 가족과 함께 보내는 시간은 선아가 퇴근한 뒤 얼굴을 보는 잠깐이 전부였다. 선아의 머릿속에는 이런 상황 속에서 준이가 심리적 결핍을 갖고 있지 않을까, 부모의 사랑을 의심하진 않을까 하는 걱정이 항상 맴돌았지만 생각뿐이었다. 복잡한 생각들은 매번 미뤄두었다. 다가오는 준이를 "엄마 바쁘니까 좀 이따 얘기해"라는 말로 돌려보내는 날들은 점점 잦아졌고, 이해는 준이의 몫이었다. 선아는 식사를 끝낸 뒤 먼저 들어가 버린 준이를 남편과 함께 가만히 바라보며 말했다. "정말 뭐가 중요한지 몰랐던 건 우리였을지도 몰라"

가족이라는 관계가 가끔 역설적이게 느껴질 때가 있다. 나와 가장 가깝고 소중한 존재임을 자각하고 있지만 그에 비해 그 소중함을 당연하게 받아들이지 않고 최선을 다하기는 쉽지 않다. 나의 꾸밈 없는 모습을 가장 많이 보여주지만 진솔한 이야기를 꺼내기는 누구보다 어렵다. 그러나 그렇기 때문에 충분히 노력해야 하고 충분히 용기 내야 한다. 가장 소중한 관계를 후회로 남기지 않고 그만하면 괜찮은 부모, 괜찮은 자식이 되기 위해서 말이다. 자식은 물론, 부모도 누군가의 부모로 사는 것은 처음이기 때문에 최선을 다한다면 서툴렀던 기억쯤으로 넘길 수 있을지도 모른다.

후회에도 용기가 필요하다. 내 행동을 합리화하거나 묻어두지 않고 꺼내놓을 수 있다는 것만으로도 우리는 한 단계 성장한 것이다. 그중에서도 가족 관계에서의 후회는 누구나 조금은 가지고 있고, 한 번쯤은 부딪혀보고 싶지만 꺼내놓기 어려운 이야기일 것이다. 그러나 그 속에 나도 모르게 내 안에 있던 나의 결핍이나, 무의식 속에서 내가 정말 원하고 있던 것이 숨어있을지도 모른다. 그 무언가를 발견하고 성장해 나갈 수 있다면 그것이 최고의 후회가 아닐까.

당신이 두려워하는 동굴 속에, 당신이 찾는 보물이 있다.

― 조셉 캠벨

아름답게 영글다

지가람

'가람이는 참 착해' 자꾸 듣는 이 말이 불편하다. 언제부터였을까, 착한 내가 아니면 더 이상 내가 아니라는 생각이 들었다. 뭘 그렇게 마음속에 꼭꼭 숨겨놓았던 것인지 어린 시절 기억을 되살릴 때마다 마음 한구석이 개운치 않았다.

가을이었다. 초등학교 시절 친구들과 관계가 삐그덕거리는 시기가 있었다. 명확히 무엇인지 모르는, 떠도는 기운으로만 파악 가능한 초 등학생들만의 은밀한 신경전이었다. 친구 둘과 하교하는 길 한 친구 가 말했다. '착한 줄 알고 놀았는데 아니었어' 다툼의 연장선상이었던 건가, 굉장히 당황스러워 웃을 수밖에 없었다. 그 당시에는 그저 착하 지 않아서 나를 싫어할까 두려웠다. 착함에 대한 진정한 의미를 생각할 겨를도 없이 소심했던 나는 그저 착한 친구로 남고 싶었다. 초등학교 친구 관계는 미묘하게 끝났고 사춘기에 접어들면서 본격적으로 사람들의 눈치를 보기 시작했다. 하고 싶은 놀이, 가고 싶은 장소, 먹고 싶은 음식이 있지만 말하지 못했고 먼저 물어보기 앞섰다. 말을 안 하면 쌓이기 마련이라고 억눌린 감정들은 집에서 흘러나왔다. 그렇게 밖에서는 착한 친구, 집에서는 예민한 딸이 되었다.

떳떳하지 못한 유년 시절이었다. 친구에게 말 못 한 이야기를 집에서 투덜댔다. 그마저 자세히 기억나지 않는 사소한 것들이었다. 언니는 종종 투덜대는 나를 보고 솔직하지 못하다고 했다. 맞는 말이다. 친구에게 직접 말할 수 있는 내용들을 굳이 바리바리 챙겨 집까지 가져온 것이다. 당시의 나에게 '기분 나빠'는 '나 너 싫어'와 같았다. 엄연히 다른 두 개의 말이지만 스스로 그렇게 받아들였다. 무엇보다 싫다고 말하는 나의 모습이 나쁘게 보였고 나쁜 나에게는 친구가 남지 않을 거라고 생각했다. 혼자가 되는 게 싫으면 싫을수록 꾹 참고 그만큼 더 투덜댔다. 이것이 최선인 줄 알았다.

이런 행동이 나를 더욱 괴롭힌다는 것을 알게 된 건 얼마 전이었다. 수업의 일환으로 성격검사를 받았다. 결과지는 나에게 '나 좋은 사람이에요'라는 거짓된 좋음을 보여주기 위해 애쓴다고 말했다. 치부라고 느꼈을까, 그 순간 망치로 뒤통수를 한 대 얻어맞은 느낌이었다. 혹여나 다른 친구들이 볼까 검사지를 숨기며 수업에도 집중할 수 없었다. 교수님께 검사지를 보여드리니 부드러운 미소로 잘 보이고 싶어하는 이유에 대해 생각해 보라고 말씀하셨다. 이상한 사람이 된 것 같았는데 교수님의 미소를 위로로 차분히 생각해 보았다. 어린 시절 괴로움을 다시 반복하고 싶지 않았다. 그리고 자신에게 솔직하지 못한 감정과 행동들이 부끄러웠다. 어리숙한 마음을 받아들이기까지 어느 정도 시간이 필요했다. 뒤숭숭한 마음을 붙잡고 자신에 대한 고민을 시작했다.

상담을 받았다. 좋아만 보였던 마음속 깊이 거대한 응어리가 숨어 있었다. '착함이란 무엇일까' 처음으로 질문을 던져보았다. 친절하다, 다정하다. 따스하다. 항상 이러기 위해 노력해 왔고 이런 내 모습은 싫지 않았다. 나를 짓누르는 착함이란 좋게만 보이려고 애쓰는 거짓된 마음이었다. 이제껏 솔직하지 못해 많은 소중한 것들을 놓쳤다. 상처받을까 급급한 나머지 한 사람을 위한 노력도, 새롭게 다가가는 일도 머뭇거렸다. 행복하면 행복한 대로 불안했고 불행하면 불행한 대로 부끄러웠다. '진정한 삶, 내 마음에 떳떳한 삶을 살아보자' 오래 걸렸지만 결국 여기까지 도달했다. 착한 나의 못난 모습을 이고 지금까지 걸어온 일생을, 이제는 받아들이고 벗어나기로 했다. 그럼에 미숙을 드러내며 이렇게 말하고 싶다. 미숙의 '아닐 미'에서 '아름다울 미'로, 미숙한 만큼 아름답게 영글었다.

담백한 고백

지가람 (김주현 님 인터뷰)

20살 중반 혹은 그 언저리, 신학을 공부했다. 생활 안에서 그리고 신앙 안에서 붕 뜬 기분이었다. 정말 복되다고 행복하다고 들어갔지만, 막상 그 속에 들어간 그녀는 전혀 그러지 못했다. 얼굴은 웃고 있지만, 마음은 빙빙 겉돌았다. 겉돌수록 잘 지내는 것처럼 보였다. '내 자리가 아닌가' 그런 것들이 의식하지 못한 채 그녀의 마음속을 떠돌았다. 과거로 다시 돌아간다면 이 시절로 돌아가고 싶다. 소중했지만 그만큼 게을렀던 시절에 미련이 남았던 건지, 그 이후 그녀에게 다가온 첫 강원도의 기억은 굉장히 외롭고 힘들었다.

변화에 적응하기 느린, 그리고 한번 적응하면 벗어나기 싫어하는 성향을 비롯해, 무엇보다 '왜 강원도까지 시집을 왔을까' 하는 생각이 집에서 책만 보게 만들었다. 강원도 더 깊숙이 들어가서야 사람들을 만나고, 이것저것 이야기를 나누고, 많이 들어주고 받아주고, '사람 사는 게 이런 거였구나'를 느꼈다. 어쩌면 처음부터 달랐더라면 지금도 달라지지 않았을까, 조금 더 낫지 않았을까.

'사람들한테 먼저 다가서라' 지금도 마찬가지로 그녀가 스스로에게 해주고 싶은 말이다. 항상 한자리에서 상대방이 다가오기를 기다렸다. 책만 보고 공부만 하는 아이, 어려운 대상이었다. 친해지고 나서야 다가가기 쉬운 사람은 아니라고 하는 말을 들었다. 한자리에서 머무르는 그녀의 마음속은 어떨까 바라보면 누군가를 간절히 기다리고 있었다. 이제 그녀는 옆에 있는 소중함을 지키기 위해 자기를 내려놓고 밝은 모습을 보이려고 노력한다. '나름 열심히 잘 살고 있다' 입으로 내뱉지 않아도 마음으로 변화의 온기를 느낀다.

후회를 돌아보면서 하고 싶은 건 다름 아닌 농사짓기. 그리고 미래의 손자, 손녀들이 놀다 가고 쉬었다가 가는 공간 만들기. 어떤 일을 하든지 마음이 편한 노동을 하는 느긋한 삶을 원한다. '이제 쫓기기는 싫어, 앞만 보고 달려왔으니까' 한마디에 그동안의 촉박한 인생이 보였다. 담담히 고백한 그녀의 인생처럼 고요히 그리고 느긋하게, 땀으로 땅을 다지듯이 이제는 그녀만의 인생을 가꾸길 기도한다.

'먼저 다가서라' 혹여나 상처받을까 숨어버린 나에게 말해주고 싶다. 보기 싫은 인생의 캔버스를 감추기 위해 물감을 덕지덕지 덧발랐다. 그렇게 진실된 마음을 꼭꼭 숨겼다. 겉으로 꾸며진 포장지 속에서 다시 버림받지 않을까, 마음의 문을 닫았다. 마음을 솔직히 표현

할 수 있었다면, 표현하는 방법을 알았더라면 내 모습 그대로를 드러
낼 수 있지 않았을까, 먼저 다가설 용기가 생기지 않았을까 아쉬움이
남는다.

후회의 색채는 아마도 무채색이지 않을까. 언뜻 보기에 탁하지만
피사체를 더욱 영롱하게 보여주는 무채색. 담담히 후회를 내뱉던 그
녀의 모습이 더욱 찬란해 보였다. "내가 보는 것을 사람들에게도 보
여주고 싶어" 영화 〈고흐, 영원의 문에서〉 속 고흐의 대사처럼 우리
는 저마다의 인생을 살아가면서 자신만의 고유한 그림을 그린다. 그
런 한 사람으로서 상대방의 진심을 미워할 수 있을까 되뇐다. 진심을
내뱉지 못하고 숨긴 채 살아가야 했던 나에게, 그리고 누군가에게 이
말을 전해주고 싶다. 당신은 있는 그대로 참 괜찮은 사람이야, 그러니
까 숨지 않아도 좋아.

이렇게 생생하면서도 고요한 배경에 인물을 그려 넣고 싶네.
같은 색이지만 농도가 다른 다양한 초록색이니
하나의 초록색을 형성해서는, 산들바람에 이삭이 부대끼면서
내는 부드러운 소리를 연상시키는 그림말일세.
물론 그런 색을 만드는 것이 쉽지는 않겠지.

— 빈센트 반 고흐 (책 《반 고흐, 영혼의 편지》 중에서)

· 지가람 ·

산책과 책방투어를 좋아하는 학생입니다.

시간이 남을 때는 보통 영화나 책을 봅니다.

달에 한두 번은 밤 10시에 혼자 영화를 보러 갑니다.

2

나를 넘어
당신에게 닿길

Keyword : 용기

표현

김민경

어렸을 때 나는 부정적인 의사표현을 어려워하는 아이였다. 특히 거절과 분노라는 표현이 상대에게 상처를 줄 수 있다는 생각이 들어서 그런지 어떤 상황이든 자동반사적으로 원만하게 넘기기 바빴다. 늘 뒤에 가서 후회하고 힘들어하긴 했지만 그럼에도 어째서인지 늘 'YES MAN'이 될 수밖에 없었다. 그런 성정 때문에 어린 날 꽤 오랫동안 끙끙 앓았던 적이 있다.

때는 중학교에 입학한 후, 동아리에 들어간 지 얼마 되지 않았을 때였다. 상대는 당시 중학교 3학년인 동아리 선배였는데-할 일이 없는 건지 매일 군기와 전통이랍시고-방과 후에 남아서 몇 시간 동안 서 있다 가게 했다. 나중에는 친분이 쌓여 조금 서 있게 하다가 동기들과 둘러앉아서 게임도 하고 축구도 하곤 했다. 그러던 어느 날이었다. 여느 때와 다름없이 방과 후에 테이블에 둘러앉아 다 같이 놀고 있었을 때였다. 밤이 늦어 마지막 게임으로 진실게임을 하기로 했는데 내가 그 3학년 선배한테 질문을 해야 하는 차례가 온 것이다. 질문을 무엇으로 할까 하다가 마땅히 생각나는 게 없어 고민하던 중, 저번에 연애 경험이 있다고 얘기한 게 생각이 났다. 그래서 '데이트하면 무엇을 하느냐'라고 물었더니 이 질문을 듣고 내가 자신에게 관심이 있다고 오해를 하게 된 것이다. 그 날 집에 갈 때부터 '학교 밖에서는 오빠라고 해도 된다'라고 하더니 개인적으로 메시지를 보내오기 시작했다. 연락한 지 얼마 되지 않아 대뜸 메시지로 고백을 해왔는데 거절하지 못하고 승낙을 했다. 초반에는 동아리 내에서 나름 권위 있는 사람에게 특별대우를 받는다는 게 좋았지만 뭔가 찝찝하고 이건 아닌 것 같다는 생각이 계속 들었다. 그 생각이 점점 강해질 때쯤, 그 선배와의 연락이 대뜸 끊겼다. 대체 이게 무슨 상황인지 혼란스러워하다가 몇 주 지나서 용기를 내 먼저 연락을 했다. 그랬더니 대뜸 폭언을 하며 연락을 하지 말라고 하는 것이 아닌가. 알겠다고 하고 그렇게 몇 개월이 지났다. 충격이었고 상처였지만 다른 사람한테 말할 수도 없으니 잊어야겠다고 생각하고 있을 때쯤, 다시 그 선배한테 연락이 왔다. 대화는 길게 이어지지 않았다. 그냥 만약 누군가 내가 그 선배와 사귀었었는지 묻는다면 아니라고 대답하라는 말뿐이었다. 알겠다고 말한 뒤 정말 며칠 지나지 않아, 누군가 내 반 앞으로 찾아왔다. 친구 친언니의 친구로, 얼굴만 알고 있던 3학년 남자 선배였다. 얘기도 나눠본

적 없는 이 선배가 나를 왜 찾아왔나 싶은 순간, 정말 그 동아리 선배가 미리 얘기했던 것처럼 내가 그 사람과 사귀었었냐고 묻는 것이었다. 약속한 대로 아니라고 대답을 했더니 들려주는 얘기는 가히 충격적이었다. 만약 내가 정말 그 선배와 사귀었었다면 2학년 다른 사람과도 만나는 중이었기 때문에 양다리였다는 얘기를 해주었다. 그러니 솔직하게 대답해 달라고 했지만, 뭐가 그렇게 무서웠는지 끝까지 아니라고 대답했다. 그렇게 양다리 사실을 알고 나서 혼자 곰곰이 생각해 보니, 초반에 의아하게 생각했던 부분들이 이해가 가기 시작했다. 비밀연애이니 아무에게도 말하지 말라는 것과 자신과의 채팅내역을 수시로 지우라고 강요했던 것이 모두 자신의 양다리를 숨기기 위함이었다. 그 이후로 자질구레한 몇몇의 일이 있고 그 선배는 졸업을 했다. 14살의 나에게는 이 일이 많이 힘든 일이었는지 중학교를 졸업하고도 2년이 지나서야 완전히 괜찮아졌다. 그전까지는 길거리에서 그 선배와 닮은 사람만 봐도 심장이 떨리고 하루 종일 기분이 좋지 않았던 것 같다. 어떤 일이든 그렇듯이 절대 벗어날 수 없을 것 같았던 힘든 기억도 시간과 함께 무뎌졌다. 덕분에 이제는 아무렇지 않게 흥미로운 간식거리마냥 얘기하고 다닐 수 있게 되었다. 다만, 당시에 많이 후회를 했던 점이 '나는 왜 의사표현을 제대로 하지 못했을까'였다. 애초에 그 선배의 고백을 거절했었다면, 이건 아니다 싶었을 때 바로 관계를 정정했었다면, 그 선배가 나에게 욕을 했을 때 화를 냈었다면 그렇게 몇 년 동안 혼자 속앓이를 할 필요는 없지 않았던가. 힘들었던 만큼 후회했고 후회했던 만큼 다짐했었다. 그리하여 그 일이 있고 2

년 뒤, 다시 그 선배한테 만나달라는 연락이 왔을 때 과거 어떤 상황 속에서도 못했던 거절과 분노를 표현했다. 대화가 끝나고도 계속 심장이 미친 듯이 뛰고 떨리는 손이 진정되지는 않았지만, 마침내 족쇄를 끊어낸 느낌이었다. 한층 더 성장한 느낌이 들었다.

사실 아직까지도 의사표현 하기를 어려워한다. 아르바이트 대타 부탁도 거절하기가 어렵고 불합리한 일을 당해도 항의 한 번 안 하고 넘어가기 일쑤이다. 내가 조금 더 참고 희생하고 양보하면 마찰 없이 넘어갈 수 있다는 생각이 아직도 나를 옭아매고 있다. 그래도 조금 나아진 점은 집에 가서 생각해 보고 정말 아니다 싶으면 다시 거절할 줄도, 주변인들에게 힘든 일을 말할 줄도 알게 되었다는 것이다. 갈 길이 먼 것 같긴 하지만, 얼른 타인의 권리 이전에 나의 권리를 주장할 줄 아는 내가 되었으면 좋겠다.

실패

김민경

 J 씨는 10년 전, 작은 사업을 하고 싶어 다니던 직장을 그만두고 교습소 운영을 시작했었다. 부푼 마음을 갖고 당시 특정 출판사의 영어 프랜차이즈를 인수하기로 결정했었는데 그 이유는 한 건물 같은 층에 출판사가 같은 국어 교습소가 있었기 때문이었다. 소속이 같고 과목이 다른 두 교습소가 상부상조하면 시너지 효과가 있을 것이라 예상했다. 그러나 그 이유가 결국 폐점으로 이끌고 갈 줄은 아무도 몰랐다.

 국어 교습소 선생님과는 처음부터 삐걱거렸었다. 인수 조건 중 하나가 기존 영어 교습소에 다니던 학생들을 전부 이어받는 것이었다. 그러나 인수 후에 중학생 전원이 나갔고 확인해 보니 아이들이 국어 교습소 선생님께서 고용하신 영어 강사에게 수업을 받고 있다는 것을 알게 되었다. 교습소에서는 원래 한 과목만 가르치게 되어 있기 때문에 두 과목 교습은 불법이다. 억울하고 또 어이가 없었지만, J 씨는 이 경험을 수업료라고 생각하고 스스로를 다독이면서 일을 계속해 나갔다. 그러나 국어 선생님과의 마찰은 계속 발생했다. 예를 들어 시간표가 충분히 공유되지 않아 학부모님들이 오해하는 일도 계속 생겨났다. 국어 선생님께서 학생들에게 영어 수업 때 있었던 일을 물어보고 그걸 학부모들께 와전시키곤 했는데, 이 사실을 나중에 학부모들께서 전화를 주셔서 알게 되었다. 이미 와전된 말로 인한 오해들을 풀어가는 것은 쉽지가 않았다. 오해에 대한 사실확인을 위한 전화가 온다면 해명이 가능하겠지만, 전화를 주시지 않는 분들의 오해는 영원히 풀 수 없었기 때문이다. 또 분명히 독립된 교습소인데 연계된 학부모님들께 J 씨를을 국어 교습소에 종속된 영어 강사라고 소개하기도 했다.

이런 일이 지속되다 보니 불신이 쌓여 마음의 문을 닫아가고 있던 어느 시점이었다. 국어 교습소 선생님과 가맹점 관리자가 교습소를 따로 운영하지 말고 국영수 학원을 공동 운영하자는 제안을 했다. 좋은 제안이기는 하였으나 J 씨는 고민도 안 하고 바로 거절을 하였다. 그러자 다른 지역에서 교습소 운영을 하시는 선생님들을 섭외해 같은 건물 다른 층에 새로 학원을 개점하였다. 이 또한 불법이었지만 해당 출판사의 묵인으로 문제없이 진행이 되었다. J 씨는 사실 여기까지도 괜찮았다. 하지만 국어와 영어를 연계하여 듣던 대부분의 학생들이 국어 교습소에서 주도하는 새로운 학원으로 이동하자 무너져 내렸다. 가르칠 학생이 없는데 어떻게 학원을 운영하겠는가. 그렇게 1년도 채

되지 않아 J 씨는 폐점을 선택하게 되었다.

　J 씨에게 이제 와서 후회가 되는 점이 있다면, 불의에 대해 항의해
보지 않았던 점이다. 해당 출판사나 가맹점 관리자들과 법적으로 옳고
그름을 따져볼 기회를 가지면서 학부모들을 대상으로 상담을 진행했
다면, 더 인내했었다면 어땠을까. 만약 그랬다면, 상황이 달라졌을까.

　숱한 일들을 겪고 난 후, J 씨는 그렇게 생각한다. 힘들었던 순간들
이 늘 있었고 앞으로도 찾아올 것이라고. 앞에서 언급한 실패가 아닌
다른 일로도 수없이 좌절했던 기억이 많이 있었고 내 삶의 최고의 선
택이었다고 자부했던 것들도 어떤 예기치 못한 상황에서 '이거 선택
하지 말았으면 더 좋았을걸'이라는 마음으로 바뀌기도 했다. 그래서
J 씨는 요즘은 어쩌면 극복할 수 없는 어려움은 없을 수도 있겠다는
생각을 한다. 우리의 삶 속에는 해법이 늘 존재하므로 사람들이 모든
문제를 풀 수 있다는 마음을 가지고 살아가길 바란다.

　위의 J 씨의 이야기는 숱한 후회들 속에서 선정한 최고의 사례이
다. 선정 이유는 아무래도 내가 겪었던 후회와 비슷하다고 느꼈기 때
문이지 않을까. 나에게 향해진 불의에 대응하지 못했던 과거가 떠올
라 감정적으로 이입이 많이 됐다. 아마 앞으로 살면서 위의 사례와 비
슷한, 불합리한 상황을 겪게 될 일이 자주 있을 것이다. 그런 상황이
닥칠 때마다 위의 사례가 나에게 혹은 비슷한 처지에 놓일 다른 이들
에게 어떻게 행동해야 할지에 대한 지침을 제공해 줄 것이다. 나는 그
렇게 생각한다. 굳이 겪지 않아도 될 일은 겪지 않는 것이 좋다고. 그

렇기 때문에 타인의 실패를 바탕으로 다른 이들이 같은 장애물에 넘
어지지 말길. 혹여 넘어지더라도 다시 일어날 수 있길 바란다.

어리석었던 청춘을, 나는 욕하지 않으리.

———

-기형도, 〈가수는 입을 다무네〉 中

Bad girl : Good girl

박지연

인생은 호구와 호구의 등을 처먹는 사람으로 나뉜다. 그리고 전적으로 호구를 자처한 비련의 여주인공, 그게 바로 나였다. 물론 얼굴은 여주인공이라 말하기 뭐하지만. 어쨌든 생존형 호구란 먹고 싶은 것도, 갖고 싶은 것도 제대로 말도 못 한다. 다른 사람들이 닭 다리를 맛있게 뜯을 동안, 혼자서 퍽퍽한 닭가슴살을 먹는 것은 일종의 호구 본능이다.

가장 기억에 남는 호구 이야기는 고등학생 때다. 가뜩이나 '낯가림의 선두 주자, 박지연'으로 명성을 날리던 시절, 집과 먼 고등학교에 입학하는 건 중대한 문젯거리다. 친구 사귀기는 물론, 과연 누구한테 먼저 말이라도 할 수 있을지 걱정되는 것은 당연하다. 그나마 다행인

건 같은 학원에 다닌 친구의 '친구'와 같은 반이라니. 일단 누구든 아는 사람이 필요했으니 신이 주신 또 하나의 은혜와도 같았다. 게다가 운명적으로 그 친구는 나와 짝꿍이었다. 그러나 그땐 알았을까, 중학교 때나 끝난 줄 알았던 처량한 호구의 삶의 시작을.

전형적인 아웃사이더한테 첫 친구는 꽤 큰 의미이다. 다른 누가 '내 짱친은 너야'라고 말해도 줏대 있게 '난 ○○인데'라고 말은 아니어도 생각할 수 있는 정도? 같이 다니는 무리가 생겨도, 그중 그녀에게 제일 친절을 베푸는 지조와 절개를 말한다. 굉장하다, 그렇지 않은가? 그러니 베프를 향한 진심 어린 행동은 이미 몸에 배어 있다. 배고파? 매점에 가서 내가 맛있는 거 사줄게. 추워? 내 담요 빌려줄게. 목말라? 내 음료수 마셔. 졸려? 그러면 조금 자. 응, 이게 아니야?

"졸려" 친구의 목소리에 고개를 돌리면, 그녀는 항상 머리를 푹 숙이고 있었다. 학구열이 높은 다른 학생들처럼 집중하기는커녕 정말 잠을 잔다. 글쎄, 얘기가 거기서 끝나면 감사하다. 쉬는 시간에는 귀신같이 일어나 골치 아플 수밖에 없다. 일어나자마자 하는 말. "지연아, 내가 필기를 못 해서 그러는데…"

호구 박지연의 학창시절을 읊어보자면, 뭐 공부는 못해도 열심히 하는 아이의 대명사다. 반 1등도 조는 동안 한 번도 자지 않고 수업에 집중하는 게 나라는 건 모두 알고 있는 사실이다. 당연히 친구도 모를 리 없다. 어쩌면 '지연이의 필기는 아주 꼼꼼하게 잘 되어 있을 거야, 낄낄낄'이라고 생각했을지도 모른다. 마음속으로는 'No!'를 외치지만, 어째 난 단 한 번도 고개를 저은 적이 없다. 왜냐고? '호구'니까! 마음만은 TV 속 센 언니들처럼 눈을 부라리는데, "어? 어…, 그래!"라는 대답만 저절로 튀어나온다. 자연스레 노트를 건네는 행동도 아주 느릿하지만 도저히 멈추는 방법을 몰랐다. 덕분에 국어 수업도, 사회 수업도, 영어 수업도. 소중한 내 필기가 때를 안 탄 적이 없다. 덕분에 친구는 항상 꿀잠, 꿀 타임, 꿀, 꿀, 개꿀.

시험이 코앞에 닥쳐도 친구는 계속 꿀이나 빨았다. 삐리삐리, 수업을 대신 들어주는 로봇이 된 것만 같았다. 그리고 익숙하게 다가와 내미는 손에 아끼는 노트를 전해주고.

단 하루만은 달랐다. 시험 스트레스로 정신없는 와중에 친구의 심드렁한 얼굴을 보고싶진 않았다. 그야 또 필기를 빌리러 오는 게 분명하니까. 모든 게 귀찮고, 아무것도 하기 싫을 날, 마음속으로는 계속 '싫어, 싫어'를 외치는 날이었다. 싫어, 싫어.

"싫어"어라, 마음속으로 해야 할 말이 입 밖으로 튀어나왔다. 고개를 들어보니 친구의 눈빛이 따가웠다. 쿵쿵거리며 돌아가는 모습에 벙쩌 한참이나 그 뒷모습을 바라봤다. 덕분에 내 심장도 더 크게 쿵쿵 뛰었다. 딱 한 번 호구에서 벗어난 기분은 말해 뭐해, 후련하다. 당장은 찝찝해도, 그것마저 시간이 지날수록 뻔뻔스럽게 잊어버렸다.

'또 노트를 빌려줘야 하나?' 문득 그런 고민이 들면 절대, 절대로 아니라고 마음을 고쳐먹을 필요가 있다. 정말 호구가 되길 원하는 사람도 어디 있을까. 호구가 되지 않기 위해 특별히 준비해 둘 건 없다. '싫어!'라는 말은 제대로 할 수 있는 깡 하나쯤이면 충분하다. 만약 좋고 싫음을 얘기하는 게 나쁜 거라면, 청순가련 여주인공보단 그 옆의 나쁜 여자나 되어보지, 뭐. 가뜩이나 각박한 21세기, 자꾸 아낌없이 주느라 가지도 앙상해진 나무는 오래 살아남기에는 어려운 법이다. 그러니 나와 같은 호구들아, 제 호구 본능이 스멀스멀 발동할 때마다 자꾸만 이 노래 가사를 기억해 보자. 이효리가 부른 〈Bad girl〉, 노래 1분 58초.

"Shake Shake. 이젠 못 참겠대. 착하게 살아봤자 남는 거 하나도 없대"

신이 주신 고통에
맞서는 인간

박지연

　수많은 인터뷰들 중 대학생, 그것도 나와 같은 22살의 여성에 관한 인터뷰는 단연코 눈에 띄었다. 감정을 회피하고, 부정적인 것들로부터 도망치며, 결국 내 감정을 알아채지도, 드러내지도 못하는 삶을 후회하는 인생에 대한 인터뷰. 살면서 수많은 후회를 하지만, 그녀의 후회야말로 학창시절 지겹도록 들은 노래의 선율처럼 여전히 우리의 머릿속을 맴돈다.

　그러니 단연코 그녀가 최고의 후회를 겪고 있다고 말할 수 있다. 이 글을 쓰는 나도, 어쩌면 이 글을 읽는 독자도 공감할 수 있는 이야기일 테니까. 감정까지 속여가며 현실에서 벗어나려는 노력은 생각보다 흔한 경험이다. 게다가 그런 습관이 꽤 오랫동안 이어지기도 한다. 당장 인터넷을 뜨겁게 달구는 주제인 '회피형'만 봐도 그렇다.

커뮤니티 혹은 SNS를 하는 사람이라면 '회피형'에 대해 한 번쯤은 들어봤을 테다. 성인 애착 유형 중 불안정형에 속하지만, 막상 온라인에서는 심리학 논문과 사뭇 다르게 설명한다. 소위 심리학 이론 속 회피형은 타인을 신뢰하지 못하며 관계가 가까워지는 것조차 불편감을 느끼는 사람들을 칭한다. 이는 생애 초기에 양육자와 형성된 애착 관계로부터 지속된 것일 수도 있다. 그러나 현재 우리가 말하는 '회피형'은 한층 더 복잡하다. 불편을 넘어 타인으로부터 불안과 두려움을 느끼고 싶지 않은 사람이다. 심리적 혼란에 빠져버리는 순간 겪는 고통에서 벗어나기 위해 도망치려는 이들을 '회피형'이라 칭하곤 한다.

어쩌면 나도 그런 성격에 관한 후회를 가지고 있다. 가장 마음이 맞았던 친구와의 다툼은 자연스레 '서운함'이란 감정을 느끼게 만든다. 하지만 그 감정을 알아챈 순간, 갑자기 굳건하던 내면이 흔들리기 시작했다. 내가 지금 느끼는 감정이 결코 좋지 않다는 건 당연한 사실이다. 그러면 그녀에게 서운함을 표현하면 관계가 끊기지 않을까. 어차피 내 감정을 설명해도 친구가 이해해주지 못할 텐데. 그럴 바에는 그런 기분을 억누르고 사는 게 편할 것이다. 그래 맞아.

어찌 보면 공리주의에 가깝다. 최대 다수의 최대 행복을 위해 단 한 명의 희생, 나만 마음고생 하면 된다. 고작 한 명의 슬픔과 고통이 많은 이들의 기쁨과 즐거움을 유지시킬 수 있다면 최고의 선택일 것이다. 언뜻 보면 효율적이고 경제적인 마인드다. 그러나 정말 중요한 것은 따로 있었다. 진짜 비효율적인 선택으로 그녀에게 서운함을 토로한다면 어떤 결과가 초래될까.

우리는 다가올 사건을 예측할 때 그 감정의 강도와 지속시간을 과대평가하는 경향이 있다. 일명 '정서예측(affective forecasting)'이란 심리학 이론으로, 이러한 과대 추정 때문에 사람들은 도리어 비효율적인 선택이나 고민에 빠져버린다는 것이다. 게다가 사람은 누구나 심리적 면역 체계가 존재하기에 많은 고통에 의해 그리 쉽게 넘어지지 않는다. 당장 먼 학창시절에 봤던 시험을 떠올려 보면 쉽게 이해가 된다. 대략 3년간의 성적들 중 좋은 점수만 있는 건 아닐 테다. 비가 죽죽 내리는 시험지를 상상하면 마음이 어떠한가. 마치 어제 치른 것마냥 생생해서 고통스러운가. 글쎄, 대부분 아무런 감정도 들지 않을 것이다. 이미 지나간 일이고, 현재의 나와 크게 연관되지 않을 수도 있다. 그러나 그날, 시험을 망친 내 모습을 떠올리면 감회가 다를 것이다. 아마도 펑펑 울고 있거나 짜증을 내는 어릴 적 자신을 마주할 수 있을지 모른다.

인생은 실패의 연속이다. 심지어 하나의 벽을 넘으면 또 다른 벽을 넘어야만 한다. 실패와 역경 속에서 우리는 필연적으로 좌절한다. 절대로 '항상' 행복할 방법은 없다. 다만 슬픔보다 기쁨을, 좌절보단 극복을 더 '많이' 경험할 방법은 있을 것이다.

지금의 내가 초라하든 약해빠졌든, 그냥 나 자신을 믿어보자. 나름 수많은 고통을 겪은 내 경험담이다. 분명 신은 인간이 딱 극복할 수 있는 고통만 준다. 그리고 우리는 그걸 이겨낼 힘이 있다. 두려움에 도망치지 못하고 맞설지라도 그 미래는 우리가 생각하는 것만큼 그리 고통스럽지 않다. 오히려 실패에 대한 내공은 성공의 길잡이가 될지도 모른다. 그렇다면 아직 캄캄하기만 한 우리의 미래와 꿈도 맹세코 두렵지 않다고 말할 수 있을 것이다. 오직 나, 자신의 신뢰만이 행복의 유일한 열쇠다.

가장 용감한 행동은 자신만을 생각하는 것이다.
큰소리로.

—가브리엘(코코) 샤넬

· 박지연 ·

2001년생. 서울에서 자고 나란 서울 촌뜨기 20년차다. 승부
욕은 없지만 자존심은 세고, 잠은 많지만 완벽주의 성향을 가
졌다. 논리적으로 말하고 생각하는 사람을 부러워한다.

사랑한다고 말하지 못해서

박채연

잘 지내? 며칠 전 그에게 문득 연락이 왔다.

그와 알게 된 건 풋풋한 고등학교 시절이었다. 그때의 나는 그를 좋아했다. 당시 여러 힘든 일로 지친 하루들에 잠시나마 웃을 수 있던 건 그 덕분이었다. 실없는 소리, 엉뚱한 농담이 그때의 나를 살아가게 했다고 해도 과언이 아니다. 처음 그를 만났을 땐 '뭐 저렇게 제멋대로인 사람이 있어'라고 생각했다. 그러나 시간이 지날수록 제멋대로인 그가 좋아졌다. 하루의 대부분을 그와 함께 보냈다. 쉬는 시간이면 그와 만나 이야기를 나누고, 학교가 끝나면 같이 공부를 하러 가고, 맛있는 것을 먹고, 산책하며 실없는 대화와 소리를 나누고. 그렇게 사계절을 함께 보냈다. 사계절이 지난 뒤에 우리는 20살이 되었다.

20살이 되던 날, 결심했다. 올해에는 마음을 꼭 전하겠다고. 고등학교를 졸업하고 나서도 매일 그를 만났다. 마음을 전할 순간들을 찾고 찾으며 하루하루를 보냈다. 어떻게 전할지 머릿속에서 혼자 수없이 고민하고 그려보기도 했다. 기다리던 순간은 금세 찾아왔다. 유독 추운 날이었다. 찬 바람이 불어 코끝이 시리었다. 입김이 새어 나온다며 장난을 치기도 했다. 우리는 여느 날과 다르지 않게 새벽 드라이브를 하자며 자주 가던 드라이브 코스에 갔고, 익숙히 주차를 한 후 차 안에서 음악을 듣고 있었다. 차 안에서 조용히 음악을 듣는 그 30분간 수없이 고민했다. '말할까 말까', '다시 볼 수 없게 되는 건 아닐까', '그를 잃게 된다면 어떻게 하지' 하고. 수없이 혼자 그려왔던 순간이었지만, 막상 다가오니 용기가 나지 않았다. 수차례 망설였던 그날 결국에는 마음을 전하지 못했다. 그러고는 집에 돌아와 스스로를 탓하며 밤을 지새웠다. 그 순간을 줄곧 후회해 왔다. 그와 다시 보지 못하게 되더라도 말할걸. 잃게 되더라도 가져보는 것에 걸어볼걸. 그를 잃는 것이 두려웠다. 그렇게 그날은 아무 일도 없었다는 듯 조용히 지나갔다. 전해지지 못한 마음은 흩날려 내린 초겨울의 눈처럼 결국 녹아 사라져 버렸다. 그 후 나는 그만두고 마음을 접겠다고 생각했다.

사랑을 말하기로 결심한 순간에 용기 내지 못했던 내가 싫었다. 그렇게 고민하고 기다려 왔던 순간이었으면서 결국 기회를 제 발로 차버리다니. 우스운 모습이었다. 길다면 긴 시간 동안 담아두었던 마음이었다. 어떻게 전해야 할지 수도 없이 고민했으면서 결국 용기 내지 못한 내가 답답했다. 어쩔 수 없었다고 생각했다. 그를 다시 보지 못하게 된다면 난처한 주변 사람들이 많다는 것이 그 이유였다. 실제로 그랬을 수도 있다. 그와 나는 서로 함께 아는 주변인들이 많았고, 우리가 그런 사이가 되면 앞으로 함께하는 자리를 가지기 어려울 테니까. 하지만 그건 비겁한 핑계였을 뿐이다. 그날 마음을 전하지 못했던 건 그저 내가 용기 내지 못했기 때문이다. 그 사실이 스스로에게 실망스럽고 후회가 되었던 탓에 그럴듯한 이유를 붙여가며 현실을 도피하고, 어쩔 수 없었다고 생각한 것이다. 스스로가 부끄럽다고 생각했다. 온갖 이유와 구실들을 대어가며 후회를 합리화하다니. 용기 내지 못했을 뿐이면서. 겁쟁이가 되어 아무 말도 하지 않다니. 시간이 지나고 나서 그와 나는 타이밍이 맞지 않았을 뿐이라는 사실을 알게 되었다. 그때 그 순간에 용기 내어 마음을 전했더라면 우리는 어떻게 되었을지 모른다.

사랑은 순간의 용기, 무모함으로 시작된다. 이는 비단 사랑에만 해당되는 일이 아닐 것이다. 우리는 지금이 아니면 안 될 것 같은 순간에 맞닿게 된다면 그게 무엇이든지 용기 내어 무언가를 선택하고, 시도하고, 전해야만 한다.

부디 그렇게
사랑을 꼭 전하길

박채연

내가 선정한 최고의 후회는 '사랑한다고 말하지 못한 순간에 대한 후회'였다. 다시는 없을 기회라는 걸, 사랑하는 이가 곧 세상을 떠나게 된다는 걸 알고 있음에도 용기 내지 못해 결국 마음을 전하지 못한 순간이었다. 그에게 그 순간은 후회를 넘어 한으로 남았다. 결국 사랑하는 마음은 표현해야만 한다는 것을 깨닫게 되었고, 사랑하는 이를 떠나보내고 시간이 지난 지금은 끝내 사랑한다는 표현을 잘하게 되었다고 한다.

나는 과거에 사랑하는 사람에게 끝내 사랑을 전하지 못했다. 수없이 고민하고 그려왔던 순간이면서. 마음을 전할 용기가 없었다. 그저 망설이기만 하다가 그 순간을 놓쳐버리고 말았다. 이를 줄곧 후회해

왔다. 그냥 말해볼걸, 조금만 덜 두려워해 볼걸 하고. 용기 내지 못한 스스로가 실망스럽고 부끄러웠던 탓에 온갖 그럴듯한 이유들을 붙여가며 어쩔 수 없었다고 생각했다. 이건 나 자신에 대한 실망을 회피하기 위한 명백한 방어 기제(defense mechanism)였다. 그렇게 수많은 밤의 후회를 지나 결국 끊임없이 사랑한다고 말하는 내가 되었다.

이 후회가 내게 최고의 후회로 느껴졌던 이유는 다음과 같다. 후회했던 일이 거의 유사하다는 것, 후회로부터 깨닫게 된 점으로 지금은 전과 사뭇 다른 행동을 할 수 있게 되었다는 것, 그리고 무엇보다 사랑을 더 중요시 여기게 되었다는 것. 특히 후회로부터 느낀 것을 토대로 전과 같은 후회를 하지 않기 위해 변하고자 하는 마음을 가지고 실제 행동으로 실천했다는 것이 마음에 와닿았다. 나의 후회와 이 후회가 같은 의미를 지니었다는 생각이 들었다. 끝내 후회들을 통해서 우리는 끊임없이 용기 내어 사랑을 전하고 말해야만 한다는 것을 깨닫게 되었다. 전해지지 못한 마음은 입에만 머금어져 있다가 세상에 있기라도 했다는 듯 사라져 버린다. 이는 사랑뿐만이 아니다. 우리는 다시 돌아오지 않을 것 같은 순간에 맞닿게 된다면 그게 무엇이든 기필코 용기 내어 전해야만 한다.

삶을 살아가며 우리에게 가장 중요한 것이 무엇이냐 묻는다면 한시의 고민도 없이 단연코 '사랑'이라 말하고 싶다. 우리를 둘러싼 수많은 감정들 중 사랑만큼 강력한 감정은 없을 것이다. 사랑으로 비롯된 많은 생각과 감정들로 하여금 우리는 지금껏 살아온 삶들과 현저히 다른 모습의 삶을 살아가기도 한다. 내가 절대 하지 못할 것이라 생각했던 행동들을 하게 된다. 이 시대를 살아가는 모두에게 그런 사랑을 용기 내어 전하라고 말하고 싶다. 하물며 언젠가 저물어 버릴 사랑이더라도 말이다. 순간의 용기는 우리의 삶을 완전히 뒤흔들어 놓기도 하니까.

어딘가 사랑을 말하지 못해 마음을 앓고 있는 이들이 있다면 말해 주고 싶다. 용기를 가지세요. 사랑한다고 말하세요. 살아가며 찾아오는 수많은 사랑 앞에서 우리가 용기 있는 사람이 되길 간절히 바란다. 부디 그렇게 사랑을 꼭 전하길 바란다.

부디 그렇게 사랑을 꼭 전하길

사랑은 모두가 기대하는 것이다.
사랑은 진정 싸우고, 용기를 내고, 모든 것을 걸 만하다.

=====

-에리카 종

· 박채연 ·

책과 편지를 좋아합니다. 사랑이 무엇인지 끊임없이 사색하고

사유합니다. 아직 답을 내리지는 못하였으나

그럼에도 사랑하고 싶습니다.

고통은 꿈의 거름이 되어

송민주

앞이 캄캄했다. '내일 아침이면 또 학교에 가야 하다니…' 눈을 감고 생각을 비우니 간신히 잠이 들었다. 평화로운 시간은 왜 이리도 금방 지나가는지. 얼마 되지 않아 해가 떴다. 날은 밝았지만 여전히 캄캄했다. 무거운 발걸음으로 등교한 나는 의자에 털썩 앉아 오늘의 시간표를 확인하며 교과서를 정리했다. 4교시 교과서를 찾아 꺼내려는데 등에 '툭' 하고 무언가 떨어졌다. 오묘하고 미세하게 나의 감각을 스쳤다. 아니, 착각한 거겠지. 이상한 느낌에서 벗어나 다시 책을 차곡차곡 쌓아 올렸다. 그런데 몇 분이 지나 또 '툭' 하고 닿았다. 바닥으로 고개를 숙이니 의자 아래 수십 개의 종잇조각들이 시선에 들어왔다. 그제서야 알았다. 뒷자리 남자아이의 짓이구나. 그는 마치 상품을 타기 위해 과녁판이라도 맞추는 듯 계속해서 내 등을 목표 삼아 종이를 던졌다. 친하지도 않은 사이인데 그 이유가 무엇일까. 당혹스러웠다. 불편하고 불쾌했지만 그만두라는 말은 입 안에 머물 뿐, 나올 생각을 하지 않았다. 그래. 하루만 참자. 소심한 성격은 나에게 그냥 모르는 척 하루만 참자고 말했다. 하지만 그날 이후 장난은 더욱 잦아지기 시작했다. 다른 남자아이들까지 합세해서 나를 괴롭히기도 했다. 그 아이들은 무엇이 그렇게 재밌었을까. 반응도 없이 당하기만 하는 내가 그저 장난감으로 보였던 걸까. 아직도 그들을 완전히 이해하긴 어렵다.

그때의 일로 초등학교, 중학교 생활은 깊은 바닷속에 늘 허우적거리고 있는 것처럼 벅찼다. 수영을 하지도 못하는데 거센 파도에 늘 맞서야 하는 상태. 저항하느라 에너지를 다 쏟으니 내게는 무기력밖에 남아 있지 않았다. 해야 하는 일들을 제대로 하지 못했고, 하고 싶은 일은 더더욱 없었다. 스스로 자책하고 비난하기 바빴다. 나는 왜 이 정도밖에 되지 않을까. 내가 조금 더 나아지면 그들이 나를 괴롭히지 않을 텐데.

고통스러운 날들이었다. 이렇게 오래 아파할 줄 알았더라면 그때 용기를 내어볼걸. 하지 말라는 말 한마디가 두려워 당하기만 했던 날들은 큰 후회였다. 느끼고, 생각하는 것을 제대로 표현하지 못했던 여리고 어린아이가 안타깝게 느껴졌다. 꼬리에 꼬리를 무는 생각들. 머릿속이 실타래처럼 엉켜 어지러웠고 혼란스러운 날들은 계속되었다. 하지만 혼자만의 탄식은 그저 소리 없는 아우성일 뿐이었다.

그럼에도 불구하고, 시간이 많이 흐른 지금에서야 알게 된 한 가지 사실이 있다. 그날의 상처가 나를 아프게만 하진 않았다는 거. 오랜 상처를 회복하는 과정에서 정말 많이 성장했다. 날카로운 바람에 쫓기며 숨어다녔던 것도 나지만, 굳건히 그 바람을 견뎌온 것도 나다. 어렸을 때부터 참 강하고 단단했다. 위기는 곧 기회라고 했던가. 그때의 일로 잃어버린 나를 되찾을 수 있는 강렬한 빛을 느꼈다. 나 그리고 당신에 대한 심리학, 사람의 마음에 관심을 가지기 시작했다. 누군가의 아픈 마음을 안아주고 싶었고, 상처 입은 영혼을 보듬어 주고 싶었다. 어딘가에서 나처럼 무기력에 허우적거리고 있는 당신을 행복하게 해주고 싶었다. 그렇게 나는 2020년이 되던 해, 심리학과에 진학하였다.

고통은 꿈의 거름이 되어

나를 넘어 당신에게 닿길

송민주

찰칵, 찰칵. 숨 막힐 듯 고요한 공기 속 희미한 셔터 소리가 퍼진다. 중학교 1학년 K 군은 자신의 본분을 다하러 도서관에 온 참이었다. 가방 속 수학 노트와 펜을 꺼내 들려던 순간. 찰칵, 찰칵. 또다시 이질적인 잡음이 그의 집중력을 망쳐놓았다. 공간의 질서를 무너뜨리는 소음의 근원지는 바로 그의 선배 S 군의 낡은 2G폰이었다. 그 핸드폰의 하찮고 작은 카메라는 공부에 빠져 있는 한 여자 선배의 치마로 향해 있었다. 이를 알게 된 K 군의 머릿속은 복잡해져 갔다. '말할까? 아니, 그냥 가만히 있는 게 나을까?' 고민으로 머리가 지끈거릴 정도였다. 군더더기 없이 순수했던 K 군에게 펼쳐진 낯선 상황은 책상 위 수학 문제보다 어려운 문제가 아닐 수 없었다. 무거워진 생각 탓에 느리게 움직이는 그의 시간과 달리, 그를 제외한 모든 움직임은 무심하게도 제 속도로 흘러갔다. 선배 S 군이 찍은 사진은 그의 친구 2명에게도 전달되었다. 그들은 여자 선배의 다리 사진을 보며 희롱하듯 웃어댔다. 웃음이 이리도 불쾌할 수 있단 말인가. 하지만 K 군은 끝내 입을 열 수 없었다. 두려움을 이겨낼 힘이 부족했기 때문에. 다행히도 요란스러웠던 선배들의 볼품없는 행동 덕에, 누군가의 신고로 경찰이 출동했고 몰래카메라 소동은 일단락된 듯했다.

하지만 K 군의 마음속에는 여전히 잊지 못할 사건으로 남았다. 그는 불의를 보고도 용기 내지 못한 자신이 후회된다고 했다. 하지만 그날의 후회가 주는 여운은 그도 모르는 사이 그의 내면을 성장시켰다. 약한 사람들을 지키고 싶은 마음은 커져갔고 정의로운 사람이 되길 꿈꿨다. 그렇게 그는 점차 행동으로 보여줄 수 있는 사람이 되었다. 소위 말하는 학교 일진들에게서 친구를 구할 수 있고, 아이들이 하교 중인 유치원 앞에서 담배를 피는 사람에게 따끔하게 한마디 할 수 있는 그런 사람.

그의 후회는 나의 후회와 조금은 다르지만 많은 부분이 닮아 있다. 두려움으로 용기 내지 못한 순간이 우리를 살게 하는 힘이 된 것, 비극적인 상황에 굴복하지 않고 나만의 의미를 발견해 낸 것. 나와 K 군처럼 우리는 모두 인생이라는 오랜 여정을 하며 심리적, 신체적으로 심각한 사건에 노출될 수 있다. 이러한 사건은 우리를 고통스럽게 하고 부적응적으로 만들기 쉽다. 하지만 반대로 트라우마를 겪기 전보다 더욱 성장하는 긍정적 변화를 경험할 수도 있다. 아픔을 대처하고 극복하는 과정에서 변화를 수용하고 나아갈 용기가 있다면 말이다. 이를 '외상 후 성장(post-traumatic growth)'이라고 부른다. 비가 오지 않았다면 몰랐을 일들을 경험한 우린, 비를 맞기 전보다 더 강한 사람이 될 수 있다. 심한 독감에 걸렸다가 나은 아이가 더 신나게 뛰어노는 것처럼. 다리를 다쳤던 새가 다시 날아오르려 날개를 더 힘차게 펄럭이는 것처럼. 당신도 저 높이 고개를 들어 아름다운 하늘을 보아라. 어쩌면 아직 닿지 못한 그곳에, 따스한 햇살이 당신을 오래도록 기다리고 있을지도 모르니. 그 햇살이 나를 넘어 당신에게도 꼭 닿길.

비록 아무도 과거로 돌아가 새 출발을 할 순 없지만,
누구나 지금 시작해 새로운 엔딩을 만들 수 있다.

-칼바드

· 송민주 ·

심리학자가 되어 '붉은 하늘'이라는 이름의 뜻처럼 차가웠던

사람들을 따스한 색으로 물들이고 싶은 꿈을 가진 사람.

후회와 성장

조아림

"인생은 B와 D 사이의 C이다" 장 폴 사르트르의 말이다. 태어남 (Birth)과 죽음(Death) 사이에 선택(Choice)이 있다는 의미이다. 우리는 살면서 수없이 많은 선택을 한다. 그리고 가끔 우리의 선택은 후회를 낳는다. 대개 후회란 돌이킬 수 없는 상황에서 지난날의 선택에 대해 아쉬움이나 원망 등의 감정이 동반된다. 나 역시 그동안 많은 후회의 감정을 느꼈다. 어떤 사람들은 후회한다고 해서 달라지는 것은 없다고 말한다. 하지만 나는 후회가 새로운 나를 만든다고 생각한다. 후회라는 감정을 통해 다음번의 비슷한 상황에서 다른 선택을 할 수도 있고, 어쩌면 하지 않을 수도 있다. 후회는 사람을 성장시킨다. 같은 실수를 반복하지 않게 할 수도 있고 애초에 잘못을 만들지 않을 수도 있다. 후회를 어떻게 활용하느냐에 따라 인생이 바뀔 수도 있다. 모든 것은 자신에게 달렸다. 나는 내가 지금까지 살면서 후회하는 것 중에 가장 아쉬움이 남는, 또 그로 인해 스스로 성장할 수 있게 해준 '후회'에 대해 이야기하려고 한다.

나는 '코로나 학번'이다. 코로나 학번이란 코로나19로 인해 대학교에 새로 입학한 신입생들이 제대로 된 대학생활을 해보지 못한 세대를 일컫는 신조어이다. 내 대학생활은 학창시절 꿈꿔온 드라마와 달랐다. 코로나로 인해 누리지 못하고 제대로 된 학교생활을 즐기지 못했다. 처음엔 마냥 왕복 3시간 거리의 학교에 가지 않아서, 비대면으로 수업이 진행되어서, 낯선 환경에 적응하지 않아서 좋았다. 흔히들 하는 알바 역시 코로나가 걱정된다는 이유로 하지 않았다. 거의 집에만 있으니 막상 돈이 필요한 일도 없었다. 솔직히 모두가 같을 거라고 생각했다. 다들 나처럼 학교생활에 관심이 없을 것이라고 생각했다. 어영부영 3학년이 되니 갑작스레 대학 4년 중 2년을 흘려보낸 것이 억울하게 느껴졌다. 나는 코로나라는 이유로 제대로 일군 것이 하나도 없는데…. 기회가 적은 상황 속에서도 자신의 꿈을 위해, 미래를 위해 할 일을 하는 사람들이 많았다.

3학년이 되어 처음으로 대면 수업을 위해 학교에 갔다. 막상 학교에 오니 다른 사람들은 모두 그동안 자기 자리에서 할 수 있는 것들을 하고 있었다. 교환학생부터 대외활동, 동아리 활동, 학교 학생회 활동, 각종 대회에 나와 수상을 하기까지…. 다른 학번과 비교해 상대적으로 기회가 적은 열악한 환경이라지만 그 몇 없는 기회를 자신의 것으로 만든 충실한 사람들이 많았다. 난 그 흔하다는 토익 자격증 하나 없는데, 모두 나와 같을 줄 알았는데…. 홀로 현실에 안주하며 시간을 낭비했다. 실은 모두 나태한 자신을 안심시키기 위한 위안. 즉, 핑계였다.

학교에 가기 싫다는 이유로 병행 수업마저 기피하던 내가 한심하게 느껴졌다. 발등에 불이 떨어졌다는 말을 실감하며 부랴부랴 대외활동을 알아보기 시작했다. 그리고 운 좋게도 면접에 합격을 했다. 처음 해보는 대외활동에는 다양한 사람들이 있었다. 대학교 1학년부터 대학원생까지, 같은 분야에 관심이 있는 사람들을 만났다. 저마다 자신의 미래에 확신을 갖고 노력하고 있었다. 모두 나보다 한 걸음씩 앞서 있는 것 같았다. 혼자 뒤처진 마음이 들었다. 그들을 보며 자극을 받아 변화를 다짐할 수 있었다.

"내가 언니보다 학교에 친구 많다. 언니는 대학생 맞아?"하며 대학교 1학년인 동생은 가끔 나를 놀린다. 대학교 3학년인 나보다 대학교 새내기인 동생이 자신의 학교에 대해 더 잘 안다. 학교에 아는 사람도 더 많다. 그만큼 내가 학교생활에 충실하지 않았다는 뜻이겠지. 인생에서 시간이 넘쳐흐를 때가 또 있을까? 흔한 자격증이라도 좀 딸걸, 하다못해 운동하는 습관이라도 좀 기를걸. 좀 더 바쁘게 살 수는 없었을까? 난 왜 시간을 죽였을까….

요즘 들어 후회가 많이 남는다. 분명 다양한 경험을 할 시간이 충분히 있었는데 나는 왜…. 그럼에도 이런 후회들이 성장할 수 있는 발판이 되어주었다고 믿는다. 만약 아무런 위기감을 느끼지 못했다면 4

학년을 앞두고 있는 지금까지도 어떤 활동에도 참여하지 않았을 것이다. 위기감에 시작한 대외활동은 좋은 사람들과의 인연을 만들어 주었고 뒤늦게 즐기는 학교생활은 새로운 즐거움과 경험을 느낄 수 있게 해주었다. 실시간 화상강의가 아닌 대면 방식의 수업과, 학식, 시험기간의 중앙도서관까지, 이게 대학생활이구나 싶은 요즘이다. 2년이란 시간을 무의미하게 보냈더라도 나는 아직 22살이다. 앞으로 다양한 활동을 할 수 있고 또 많은 경험을 쌓으면 된다. 후회가 그저 아쉬움과 원망으로만 남는다면 사람은 발전할 수 없다. 나 역시 지난날에 대한 아쉬움과 원망이 그저 그런 감정으로만 남는다면 나아갈 수 없다. 그저 제자리걸음일 것이다. 하지만 나는 후회를 발판삼아 성장하고자 한다. 나는 아직 22살이니까, 무궁무진한 가능성을 가진 사람이니까. 아직 늦지 않았다고 믿는다. 코로나로 인해 나와 같은 감정을 느꼈을 친구들이 많을 것이라 생각한다. 우리는 할 수 있다! 우리는 젊으니까!

후회와 성장

도전과 용기 그리고 경험

조아림

예림(가명, 25세)은 2년 차 유치원 교사이다. 공립 유치원 교사. 이 목표 하나만을 두고 대학교 4학년 동안 졸업 전에 임용고시도 합격하고 1등도 하며 치열하게 살아왔다. 그러나 대학시절을 되돌아 생각해 보니 자꾸만 아쉬움이 남는다. 자신은 정해진 진로가 있기에 다양한 경험을 쌓을 생각을 하지 못했다. 학업적인 부분에서는 아쉬움이 없을 정도로 바쁘게 살았지만 꼭 진로를 위한 스펙이 아니더라도 대학생 때만이 경험할 수 있는 아르바이트와 동아리, 해외봉사 등 망설이다가 기회를 놓친 것들이 자꾸만 후회된다. 기회가 있었음에도 이런저런 걱정들이 예림의 발목을 잡았다. 지금에 와서야 돌이켜 생각하니 "에이, 모르겠다!" 하는 마음으로 도전해 볼걸, 하는 마음이다. 그

땐 몰랐지만 이미 정해진 길이 있더라도 좀 더 다양한 경험을 했다면, 굳이 진로와 관련되지 않은 분야일지라도 그때 그 나이에만 경험할 수 있는 것들을 도전했다면, 하는 후회가 남는다.

예림은 나와 닮았다. 기회가 주어져도 먼저 겁을 먹고 도전하지 못했고 결국 다양한 경험을 할 수 있는 기회를 잡지 못했다. 내 길은 정해져 있다며 좁은 시선으로 세상을 바라봤다. 나는 대학원 진학을 염두에 두고 있기에 취업과 관련된 스펙을 쌓는 활동을 3학년 전까지 전혀 하지 않았다. 동아리와 대외활동 등 대부분의 대학생들이 경험하는 것들을 겪어보지 못했었다. 그러나 3학년이 되어 직접 여러 활동을 경험해 보니 꼭 스펙만을 위해서 보단 스스로의 성장에 도움이 되는 부분이 많았다. 다양한 사람을 만나며 혼자서는 하지 못할 일들을 하고 선배들과 선생님들께 진로에 도움이 되는 조언도 들을 수 있었다. 직접 경험해 보니 대외활동이 단지 스펙 쌓기 그 이상이라는 생각이 든다. 낯선 환경 속에서 새로운 사람을 만나는 것이 무서워 지레 겁을 먹던 날들이 아쉽게 느껴진다. 진작 도전했다면 더 다양한, 소중한 경험을 할 수 있었을 텐데 하는 후회가 남는다.

도전과 경험은 떼려야 뗄 수 없는 관계라고 생각한다. 도전할 수 있는 용기가 있어야 다양한 경험을 할 수 있기 때문이다. 나 역시 도전 정신이 부족해서 세상의 다양한 일을 경험할 수 있는 기회가 적었다. 사실 기회가 없었다는 것은 핑계일 뿐이다. 결국 용기를 내지 못한 자의 변명이다. 예림의 이야기를 들으며 경험하지 못한 것에 대한 갈망은 끊임없이 계속될 것 같다는 마음이 들었다. 한 살이라도 어릴 때, 아직 대학생의 신분일 때 더 많은 것을 경험해야겠다는 마음이 든다. 하지 않고 후회하는 것보단 어떤 일을 저지르고 나서 후회하는 것이 더 쉬울 것 같다. 도전하는 것이 두려워도 그 순간 눈 딱 감고 용기를 내면 더 넓은 세상을 바라볼 수 있다. 그리고 그 용기를 낸 경험이 또 다른 도전의 발판이 될 것이다. 처음이 어렵지 둘째가 어려우랴. 한 번의 용기가 또 다른 경험의 기회를 부르고 성장한 나를 만들 것이라고 믿는다.

먼저 생각하세요. 둘째, 믿으세요. 셋째, 꿈을 꾸세요.
그리고 마지막으로 용기를 내어 도전하세요.

————

—월트 디즈니

내 안의 어두움을 밝히려면

홍다영

'최고의 후회를 찾아서'라는 주제를 듣자마자 하나의 후회가, 지금의 나의 인생에도 가장 큰 영향을 주고 있는 후회가 머릿속에 떠올랐다. 이 후회에 대한 이야기는 2018년으로 거슬러 간다.

2018년에 나는 고등학교 2학년이었다. 대부분의 학생들이 그렇듯이 대학이라는 막연한 목표를 향해 공부를 열심히 했고 학교생활도 성실하게 했다. 공부를 열심히 해서 좋은 대학에 가는 것이 내가 당연히 해야 하는 것이라고 느꼈다. 그러다 문득 '내가 왜 대학에 가려고 하지? 왜 공부를 열심히 해야 하는 걸까?'라는 생각이 들었다. 나의 노력과 시간이 나를 위해 쓰이는 것이 아닌 것 같았다. 한번 이런 생각이 드니 부정적인 생각을 멈출 수 없었다. 부모님과 주변 사람들이 나에게 거는 기대가 갑자기 큰 부담으로 다가왔고 나에 대한 불신과 불안이 머릿속에 자리 잡기 시작했다. 모든 일에 대한 의지와 재미가 사라졌고 무기력해졌다. 한순간에 나를 이끌어 줄 목표가, 흥미가 사라진 것이다. 미래에 대한 불확실함과 나 자신에 대한 의심 때문에 나는 나의 자존감과 행복을 갉아먹었다. 그 당시의 나는 나의 생각과 감정을 남에게 표현하기가 싫었고 두려웠다.

나의 약한 모습을 내보이는 게 달갑지 않았고 남들에게 나를 공격하고 깎아내릴 여지를 주는 것이라고 생각했다. 그래서 갈수록 나빠지는 나의 상태를 외면하면서 스스로 이겨낼 수 있을 것이라고, 시간이 지나면 괜찮아질 것이라고 생각했다. 그러나 나를 삼킨 부정적인 생각과 감정은 사라지지 않았고, 결국 제대로 먹지도 자지도 못하게 되었다. 부정적인 생각과 감정이 나를 지배한 지 두 달 만에 5kg가 넘는 체중이 감소했고 모든 것에 대한 의지가 사라졌다. 하루를 시작하는 것이 힘들었고 스스로를 돌볼 수 없었다. 그렇게 혼자 끙끙거리며 시간을 보내는 나를 보다 못한 엄마가 나의 상태와 속마음을 말할 수 있도록 설득하며 도와주었고 많이 힘들면 심리상담을 받아보는 게 어떻냐고 제안했다. 나는 많이 망설였지만 계속되는 설득에 용기를 내서 심리상담을 받게 되었다. 나도 내가 괜찮아지기를 바랐지만 그 방법을 스스로는 찾을 수 없다고 생각했다. 그제서야 혼자 이겨내기가 힘들다고 인정한 것이다.

지금 생각해 보면 그때 당시에 왜 혼자서만 해결하려고 애썼는지 무척 후회가 된다. 주변 사람들에게 걱정을 하게 해서, 나 자신을 스스로

‧‧‧‧‧‧‧ 내 안의 어두움을 밝히려면

잘 돌보지 못한 게 후회가 되는 것이다. 어릴 때 나의 약점을 손에 쥔 아이들에게 괴롭힘을 받았던 경험 때문인지 나는 아직도 남 앞에서 우는 것이 싫고 무서우며 나의 약점이 될만한 것을 드러내기 싫어한다. 하지만 저 당시에 받았던 심리상담을 통해 내가 가진 부정적인 생각과 감정을 드러내는 것의 이점을 알게 되었고 표현방법을 연습하게 되었다. 나의 부정적인 감정을 드러내는 것이 내 감정을 정리하고 극복할 수 있는 방법이 된다는 것을 느꼈다. 다행히 이후로는 천천히 조금씩, 심리적으로 힘들 때 주변 사람들에게 이를 표현하고 드러낼 수 있게 되었다. 그리고 이 경험이 내가 심리학이라는 분야를 알게 되고 관심을 가지게 되는 결정적인 계기가 된다. 심리학에 대해서 공부해 보고 싶다는 생각이 들었고 책과 강의를 보고 들으면서 흥미가 생겼다. 그리고 심리학과에 진학하고 싶다는 목표를 만들게 되었다.

무기력했던 나는 목표를 달성하기 위해 나를 돌보면서 학교생활과 학업에서 최선을 다했고 마침내 목표를 이룰 수 있었다. 18살의 나는 남들에게 어두운 모습의 나를 드러내는 것이 두려웠고 힘들었지만, 21살의 나는 이를 잘 극복해 가고 있다. 나를 후회하게 만든 경험이지만, 그만큼 더 성장시킨 경험이기도 하다. 이 정도면 내가 '최고의 후회'라고 생각할 만하지 않을까?

한 번만 사랑한다고
말할게요

홍다영

사랑하는 사람이 떠나고 나서야 전하지 못한 말을 후회하는 것. 어느 한 회사원의 이야기이다. 그는 아버지가 암 말기로 돌아가실 때까지 사랑한다 말하지 못했던 것을 후회했다. 한 번도 살면서 표현을 해보지 않았기에 표현하기가 어색하고 부끄러웠던 것이다. 아버지도 평소 표현을 안 하시는 분이셨다. 때문에 '나를 안 사랑하시나?'라고 생각한 적도 있다. 그러나 생일날 자신이 미역국을 먹었는지 확인하는 아버지의 행동에서 아버지의 사랑을 느꼈다고 한다. 아버지뿐만 아니라 주변에 표현을 많이 하는 사람이 없어서 더 못했던 것 같다고 한다. 그때 사랑한다고 말하지 못한 것이 평생의 후회가 되었고, 후회를 넘어 한으로 남았다. 그래서일까 아버지가 돌아가신 후 가족들에게 사랑한다고 표현 한 번씩 하자고 제안한다. 노력을 통해 지금은 표현을 매우 잘하게 되었고 자신이 꾸린 가정에서 아내와 아이들에게 사랑한다고, 좋아한다고 표현한다. 마음속으로 얘기해 봤자 상대는 모른다고, 좋은 마음을 표현하라고 그는 말한다.

이 이야기를 뽑은 이유는 내가 최근에 느낀 후회와 너무나도 닮아서이다. 2개월 전, 나는 외할아버지와 친할머니를 떠나보냈다. 나와 가까운 누군가의 죽음을 처음 경험하는 것이었기에 혼란스러웠고 힘들었다. 감정이 좀 추슬러지고 난 후 생각해 보니 두 분께 표현을 너무 안 했다는 생각이 들었다. 할 수만 있다면 두 분께 감사했다고 사랑한다고 말하고 싶다. 가족들이 감정 표현에 매마른 편이라 표현의 중요성을 크게 못 느꼈다. 그리고 친구들에게는 표현을 잘하지만 유독 가족들에게 하는 것이 쑥스럽기도 하고 어색했다. 이별을 경험하고 나서야 표현하는 것의 소중함과 중요성을 깨달았고 솔직하게 표현하지 못한 과거의 내가 너무 후회되었다. 같은 후회를 반복하지 않기 위해서 가족들에게 '고마워'와 같은 사소한 감정 표현부터 말하기 위해 노력했고, 과거에 비하면 많이 표현하게 되었다. 위의 회사원분의 이야기를 보면서 나와 비슷한 후회를 하는 사람이 있다는 것이 반갑기도, 씁쓸하기도 했다. 자신의 감정을 말하기 쉽지 않을 수도 있다. 그런데 표현하지 않으면 상대는 절대 알지 못한다. 상대를 다시는 볼 수 없는 이별이 닥치고 나서야 하는 후회가 얼마나 고통스러운지 다른 사람들이 몰랐으면 한다. 부디 사랑을, 감사함을, 자신의 감정을 내뱉을 수 있기를.

운다는 것은 네가 약하다는 뜻이 아니다.
태어났을 때부터 그것은 항상 네가 살아있다는 증거였다.

———

-샬롯 브론테,《제인 에어》中

말하지 않으면 몰라요

Keyword : 말실수/거짓말

최악의 한 단어

강다원

9살의 어느 날이었다. 그날도 다른 날과 다름없이 학교에 갈 채비를 했다. 학교에 가는 것은 너무나도 귀찮았지만, 친구들과 함께하는 시간을 기대하며 무거운 몸을 이끌었다. 지루한 수업 시간을 견뎌내고 드디어 점심시간이 다가왔다. 그 시절, 점심을 먹고 남은 시간에 친구들과 노는 것은 소소하지만 확실한 행복이었다. 점심을 먹은 후 친구들과 운동장 구령대 위에서 놀기 시작했다. 그 놀이가 내 인생에서 결코 잊히지 않을 후회가 되리라는 생각은 추후도 하지 못했다.

우리는 일종의 술래잡기를 하였다. 구령대의 네 모퉁이에 친구들이 위치하고 다른 모퉁이로 이동을 하는 도중에 술래에게 잡히면 그 사람이 술래가 되는 방식이었다. 총 4명의 친구들과 함께 놀고 있었고 게임 규칙상 우리는 번갈아 가며 술래가 되었다. 승부욕이 강했던 나는 술래가 될 때마다 빨리 술래에서 벗어나고 싶었다. 그래서 유독 놀이를 못 하던 한 친구만 노려 그 친구에게 술래 자리를 넘겨주었다.

비슷한 상황이 두세 번 반복되었고 또다시 술래가 된 그 친구는 나에게 물었다.

'내가 만만해?'

'어'

나의 대답이었다.

그 말은 들은 친구는 눈물을 흘리며 구령대를 떠났고, 다른 친구들도 그 아이를 따라갔다. 친구들을 뒤쫓아 도착한 화장실에서, 울고 있는 친구를 보았다. 무언가 잘못되었음을 느꼈다. 늦게나마 그 친구에게 미안하다며 진심으로 사과했다. 다른 친구들도 다독여 준 덕분에 그 친구의 눈물은 멈출 수 있었다.

10년이 넘게 지난 일이지만 나의 기억 속에 선명히 남아 있다. 그때 왜 그렇게 말했을까, 왜 그렇게 철이 없었을까, 후회하고 후회한다. 살면서 겪은 일 중 가장 후회하는 것이기도 하다.

그때의 일은 나에게 최악의 후회이지만, 어쩌면 최고의 후회일지도 모른다. 그 후회를 통해 큰 교훈을 얻었기 때문이다. 전에는 머리를 거치지 않고 떠오르는 대로 말을 내뱉었지만, 후회를 겪은 이후로는 하고자 하는 말을 머리에서 한 번 필터링하게 되었다. 말을 하기 전에 내가 하려는 말이 상대방에게 상처가 되지 않을지 생각해 보고 신중히 말을 하게 된 것이다.

한 번 생각하고 말하는 것이 어쩌면 남들에게 답답해 보일지도 모르지만, 괜찮다. 생각 없이 뱉은 말이, 설령 한 단어라고 할지라도, 다른 사람에게 상처를 주는 흉기가 될 수 있음을 그때의 후회로 깨달았기 때문이다.

말실수를 하여 후회하고 있는 사람이 있다면 이 말을 꼭 해주고 싶다.

이미 뱉어버린 날카로운 말은 다시 주워 담을 수 없다. 잘못 뱉은 말이 또 다른 누군가에게 상처를 주기 전에 자신의 마음속에 묻어라. 그리고 말을 하기 전에 그것을 떠올려라.

정말 할 수 있어?

강다원

A 씨가 자란 시절의 교육과정과 요즘 아이들의 교육과정은 많이 달라졌다. 교육과정이 어떻게 변화했는지가 궁금했다. 또 자녀 둘을 키우고 있기에 교과서도 많이 접하고 싶었고, 계속해서 변화하는 교육과정을 지켜보고 싶었다. 그렇게 학습지 선생님이 되었다.

그날은 팀 회의가 있는 날이었다. 팀에서 어떤 프로젝트를 진행할지 의논하고 있었다. 몇몇 팀원들이 말했다. "우리, 이런 일도 하고 저런 일도 하고 다 해봅시다"

물론 아이들을 위해 열심히 노력하는 것은 훌륭하지만, A 씨가 보기엔 무리인 일들이었다. "한 번에 여러 가지 일을 벌여놓는 것은 아닌 것 같아요" 그러자 다른 팀원이 대답했다. "왜 해보지도 않고 안 된다고 생각해? 우린 할 수 있어" A 씨를 제외한 다른 팀원들은 점점 설득되었고 한목소리로 말했다. "우린 할 수 있어, 해낼 수 있어"

모두가 'yes'라고 말할 때, 나만 'no'라고 하는 것은 무척 어려운 일이었다. 심리학 개념 중에 '동조(conformity)'라는 것이 있다. 특히 Asch의 선분 실험이 동조 실험으로 유명하다. 실험참여자에게 일정한 그림의 표준 선을 보여주고, 서로 다른 세 가지의 선을 보여준 다음, 표준선과 길이가 같은 선을 고르는 실험이다. 문제의 답은 명백하지만, 주변 사람들이 모두 틀린 답을 말하자 실험참여자도 같은 오답을 선택한다. A 씨의 상황도 마찬가지였다. 만장일치를 이룬 집단을 보고, 거기에 공개적으로 자기 생각을 말해야 했던 상황이 A 씨로 하여금 집단의 영향에 동조하게 만든 것이다.

계속해서 집단에 맞설 용기가 부족했던 A 씨는 결국 더 이상 의견을 주장하지 못했고, 프로젝트들은 시작되었다. 그러나 프로젝트가 진행되는 와중에 어처구니없게도 주동자들은 여러 사정으로 팀을 떠났다. 일을 추진했던 사람들은 모두 떠나고, 남아있는 사람들은 A 씨와 새로 팀에 합류한 사람들이었다. 일은 전부 남겨진 사람들의 몫이 되었다. 그들은 힘들게 고생하며 벌어져 있는 일들을 수습하였다. '그때 내 의견을 좀 더 강하게 얘기하는 건데…'라는 생각과 함께 A 씨는 후회하였다.

이 후회로 인해 A 씨가 한가지 배운 점이 있다. 만약 내가 생각하는 것이 틀림없이 맞는다면, 사람들이 전부 아니라고 하더라도 내 의견에 대해서 용기 있게 밀고 나가야 한다는 것이다. 실제로 그 일이 있고 난 이후로는 생각하는 바를 상대에게 확실히 전하려고 노력했고, A 씨는 성장했다.

나중에서야 자기 생각이 맞았다는 것을 깨달은 후에 자책하는 것은 소용이 없다. 그러니 의견을 피력하지 않아 후회할 일이 생기지 않게 생각을 분명히 전할 수 있어야 한다. 이 점이 내가 깨달은 바이자, 학습지 선생님 A 씨의 후회 경험을 최고의 후회로 뽑은 이유다.

이와 비슷한 후회를 할 것 같아 걱정하는 사람에게 말하고 싶다. 주변 사람들의 말에 반대하는 의견을 꺼내기가 두렵고, 어쩌면 다른 사람에게 자신의 의견을 말하는 것조차 힘들 수도 있다. 언젠가 자신의 의견을 말하지 못해 후회할 일이 생길지도 모른다. 지금부터라도 자신의 의견을 용기 내어 분명하게 말하도록 연습해라. 설령 후회를 하게 되더라도, 그 모든 과정이 당신을 성장하게 할 것이다.

우리는 모두 실수를 하게 된다.

그렇기에 그런 실수는 뒤에 남겨 둬라.

실수에 대해서 후회할 수도 있고 그것들로부터 배울 수도 있다.

하지만, 절대 실수를 당신의 미래까지 같이 끌고 가지는

말아라.

-루시 모드 몽고메리

거짓말 중독

강수빈

"선생님 사실 숙제를 한 적이 없어요" 1년 반 동안의 거짓말을 끝내는 한마디였다. 나도 몰랐다. 내가 거짓말을 이렇게 오래 할 줄도, 내 입으로 사실을 말할지도. 직감했던 것 같다. 이대로는 수능을 보지 못할 것 같다는 것을 말이다.

고등학교 1학년 여름방학, 나는 공부가 하기 싫었다. 아니 사실 쉬고 싶었던 것 같다. 과외선생님께 방학 동안만 쉴 수 없냐고 물었고, 선생님은 안된다는 말만 반복하셨다. 요즘 말로 번아웃이 왔던 나는 과외 진도를 따라가지 못했다. 숙제 밀리기는 부지기수고, 수업도 자주 취소했다. 숙제를 안 하는 게 쌓이던 어느 날, 선생님은 공부할 마음이 다시 생기면 연락하라는 말과 함께 나가셨고 당장 과외라도 하지 않으면 내 인생은 끝날 것만 같다는 두려움에 얼마 지나지 않아 선생님께 연락을 드렸다.

다시 시작된 수업에선 숙제를 밀리는 대신 새로운 방법을 쓰기 시작했다. 바로 거짓말이다. 그 당시 수업 방식은 개념원리를 여러 번 회독했기 때문에 수학 연습장에 문제를 풀었다. 그리고 숙제를 하면서 틀리거나 헷갈리는 문제만 문제 번호에 동그라미를 쳐와서 질문을 받을 뿐 따로 숙제 검사를 하진 않았다. 개념원리 문제집에는 친절하게도 난이도가 나와 있었고, 난 그것을 이용했다. step2에서는 한두 문제를 틀리고, step3에서는 여러 개 틀린 것처럼 꾸며냈다. 가끔가다가 step1에서 실수한 척 동그라미 쳐가는 치밀함도 놓치지 않았다.

처음에는 내가 할 마음이 다시 생겼다고 해놓고 숙제를 안 하는 게 뻘쭘해서 거짓말을 했다. 그리고 한 번만 거짓말을 하고 다음 수업 전에 안 했던 숙제까지 하면 되겠지라는 생각이 컸다. 이 생각은 2주 치 숙제가 밀렸을 때는 3주 차 수업 전에 다 하면 된다는 생각으로 바뀌었고, 4주 차, 5주 차가 되도록 반복되었다. 그냥 거짓말만 늘어날 뿐이었다. 어영부영 중간고사 시험기간이 되고, 시험을 보고, 또 기말고사 대비전까지 거짓말은 반복됐다. 여기서 끝났으면 얼마나 좋았을까? 겨울방학이 되고, 고등학교 2학년 1학기가 되고, 2학기가 되도록 거짓말은 그칠 줄 몰랐다.

고등학교 2학년, 11월 모의고사를 보고 그제야 현실을 봤다. 난 이 상태로는 수능을 볼 수 없다는 것을 느꼈고 사실대로 말해야겠다는 생각을 했다. 그렇지만 선생님께 혼나는 것이 너무 무서웠고 부모님께 이 사실을 들킨다는 게 너무 무서웠다. 용기가 안 나서 미루고 미루다 결국 기말고사가 끝나고 말씀드렸다. 고등학교 1학년 2학기부터 지금까지 사실 한 번도 숙제를 한 적이 없다고, 수학 2부터 다시 수업을 들을 순 없겠냐고 말이다. 선생님은 상황이 믿기지 않으셨던 건지 화도 내지 않고 그냥 나가셨다.

다음날 선생님은 '진짜 이번엔 공부할 마음이 있는 거지?'라는 문자와 함께 수업 계획을 짜러 오셨다. 1년 만에 2년 치를 다 끝내야 하는 상황이니 수업도 숙제도 두 배로 해야 한다고 하셨고 나는 알겠다고 했다. 그렇게 고등학교 3학년, 1년 동안 대부분의 시간은 수학 문제를 풀었다. 역시나 역부족이었는지 재수를 했고 대학교에 입학했다.

거짓말은 커질수록 끝내기 힘들었고, 사실을 말할 용기를 거짓말보다 키우기는 더더욱 어려웠다. 거짓말은 쓰레기와 같다. 쓰레기가 많을수록 큰 쓰레기봉투가 필요하고 치우는 데 오래 걸리듯이 거짓말이 커질수록 더 큰 용기가 필요하고 수습하는 데 더 오랜 시간이 걸린다.

요즘 학원에서 아르바이트를 하면서 베끼는 학생들을 볼 때마다 예전의 내가 생각난다. 그 학생들은 커다란 쓰레기를 만들지 않았으면 좋겠다. 그래서 최대한 열심히 학생들을 지켜본다. 지금의 나는 거짓말은 안 하는 게 최고지만 했다면 들켜서라도 빨리 끝내는 게 좋다는 것을 알기 때문이다.

거짓말의 눈덩이가
커지기 전에

강수빈

양치기 소년에서 소년은 여러 번의 거짓말로 신뢰를 잃었지만 해은 (가명, 22살, 여자, 대학생)은 한 번의 거짓말로 양치기 소녀가 되었다. 그 녀에게 후회란 과거로 돌아가서 되돌리고 싶은 일이다. 이 한 번의 거 짓말은 그녀에게 과거로 돌아가서 되돌리고 싶은 일이 되었다.

해은(가명)이 빵집 아르바이트를 하던 시절의 이야기다. 빵집은 케이크나 빵의 유통기한을 확인하는 일이 정말 중요하다고 한다. 유통기한은 케이크 진열대에서 케이크를 하나씩 빼서 밑에 판에 있는 날짜를 확인해야만 할 수 있었다. 여느 때와 같이 유통기한 을 확인하던 중 케이크에 손자국을 내버렸고, 그것을 손님과 사 장님 쪽에서 보이지 않게 진열했다. 들키지 않을 줄 알았지만 결국 사장님이 발견하셔서 크게 꾸중을 들었다.

이날 이후로 그녀는 의심의 눈초리를 피할 수 없었다. 다른 아르바이트생이 한 실수에도 그녀가 의심의 대상이 되었고, 이미 무너져버린 신뢰는 다시 쌓기 어려웠다. 결국 1년 넘게 해오던 빵집 아르바이트를 그만두고 새로운 아르바이트를 구했다.

케이크에 손자국을 낸 그날로 돌아갈 순 없겠지만 이날 이후 그녀는 실수를 인정하고 받아들이지 않는다면 일이 커진다는 하나의 교훈을 얻었다. 더불어 그전에 거짓말을 하지 않는 게 중요하다는 생각 또한 가지게 되었다.

해은(가명)은 나와 같은 교훈을 얻었다. 거짓말은 하지 않는 게 좋지만, 했다면 빠르게 끝내는 게 좋다는 것이 좋다는 것이다. 이와 일맥상통하는 심리학 이론이 있다. 바로 깨진 유리창 이론(broken window theory)이다. 사소한 무질서가 큰 무질서로 발전한다는 이론으로 거짓말은 무질서와 같아서 한번 하다 보면 반복되고, 나도 모르는 사이에 커다란 거짓말이 되어버리곤 한다. 따라서 거짓말은 하지 않는 것이 좋지만, 사소한 거짓말이 시작되었을 때 빠르게 바로잡아서 큰 거짓말이 되지 않도록 할 필요가 있다.

마틴 루터는 이렇게 말했다. "거짓말은 눈덩이와 같다. 때문에 거짓말은 굴릴수록 점점 커져만 간다" 눈 오는 겨울날을 생각해 보자. 작은 눈덩이는 손으로도 쉽게 부술 수 있다. 그러나 큰 눈덩이는 혼자 힘으로는 역부족이고 여럿이 달려들어야 부술 수 있다. 이처럼 거짓말은 눈덩이와 같아서 반복되면 반복될수록 거짓말을 끝내기는 더더

거짓말의 눈덩이가 커지기 전에

욱 어려워지기 마련이다.

우리는 살면서 수많은 기로에 놓이게 된다. 수많은 기로 중 혹시 거
짓말이 있다면 과감하게 없애버리길 바란다. 혹은 이미 거짓말의 길
로 왔다면 당장 다른 길로 돌아가길 바란다. 거짓말을 시작하려 했다
면 시작하지 않길 바라며 의도하지 않았더라도 거짓말을 해버렸다면
최대한 빨리 끝내길 바란다. 지금이 거짓말의 눈덩이가 가장 작은 시
기이기 때문에.

거짓말은 눈덩이와 같다.
때문에 거짓말은 굴릴수록 점점 커져만 간다.

―마틴 루터

나를 건강하게 만드는 또 다른 방법

김보민

처음 누군가를 만날 때, 나를 얼마만큼 공개해야 하는가?

스스로에게 던지는 이 질문은 항상 후회를 가득 안은 채 묻는다. 살아가며 수많은 사람을 만나는 건 필연적이다. 어느 만남은 한 번으로 끝나지만, 어느 만남은 몇 년 동안 이어진다. 상대와의 인연을 얼마나 이어가게 될지를 정하게 되는 가장 중요한 첫걸음은 첫 만남이다.

어린 시절부터 첫 만남에 대한 후회를 많이 했다. 낯을 많이 가리지만, 친해지고 싶다는 이유 하나만으로 상대를 전혀 고려하지 못했던 적도 있었다. 어색함으로 가득 찬 정적을 깨고 싶어 항상 생각을 충분히 하기도 전에 말을 하고 있는 나를 발견하게 된다. 고등학교 1학년 신학기, 아직도 그때의 내가 다르게 행동했다면 조금은 나아지지 않았을까라는 생각을 한다.

설렘을 담은 새 시작은 상상했던 것과는 조금 달랐다. 어떤 새로운 사람들을 만나게 될지 궁금증을 안고 들어갔던 교실은 1학년 교실보다는, 3학년 방학을 끝내고 개학을 한 풍경과도 비슷했다. 이미 몇 년 전부터 친하게 지낸듯한 모습은 내가 다가가도 안될 거라는 부정적인 감각만을 안겨줬다. 아는 사람이 없는 장소에서 누군가와 친해지는 일은 무척 힘든 일이었다. 그럼에도 불구하고, 새로운 친구들과 친해지고 싶어 던졌던 첫인사는 오히려 어색한 기류만을 남겼다. 상대방도 나와 친해지고 싶은지, 이야기를 나눌 수 있는 관심사를 가지고 있는지, 서로 공감할 수 있는 요소는 무엇이 있는지를 고려하지 못했다. 충분히 생각하지 못하고 다가가는 데에만 급급했던 행동은 안 하느니만 못했다.

그날, 집으로 돌아오면서 머릿속에 맴돌았던 생각들이 아직도 기억에 남아 있다. '내가 그때 말을 너무 많이 했나', '오히려 첫인상만 나쁘게 남았겠다', '그 말은 하지 말걸', '아침으로 시간이 되돌아갔으면 좋겠다. 그러면 안 그랬을 텐데'. 만약, 그때 신중하게 다가갔다면 어땠을까? 상대방에게 너무 부담을 주지 않고, 천천히 알아가고자 노력했다면 다른 결과가 나왔을 거라고 생각한다. 그랬다면, 아직도 종종 잠에 들기 직전에 갑자기 떠오르는 일도 없을 거다. 그 날의 일은 여전히 후회를 안고 살아가게 만든다. 하지만, 그날의 일이 나를 그 자리에 주저앉도록 했냐고 물어본다면 감히 부정할 수 있다. 나를 성장하도록 만들었으니.

나를 건강하게 만드는 또 다른 방법

말부터 일단 내뱉고 보는 것이 아닌, 충분히 생각을 하고 말을 건네는 습관을 들이게 되었다. 어색한 정적을 참지 못해 말을 건네며 생기는 실수를 줄이게 되었다. 나에 대한 이야기보다는 상대의 이야기를 더 듣고자 노력하는 습관도 기르게 되었다. 그동안은 할 말이 생각나지 않아 무작정 이야기를 시작했다. 그러나, 궁금하지도 않을 이야기는 오히려 독이 될 수도 있음을 깨닫게 되었다. 지금은 상대에게 질문을 던지며 당신을 알아가고, 친해지고 싶음을 성숙하게 표현하는 방법을 알고 활용할 수 있게 되었다.

후회는 결코 후회만 남기지 않는다. 자각하지 못하더라도, 후회는 우리에게 깨달음을 주며 관점을 바꾸어 볼 수 있는 계기를 준다. 성장한, 더 나은 모습을 상상할 수 있게 만든다. 여전히 가끔은 비슷한 실수와 후회를 하기도 한다. 그러나, 살아가며 겪는 후회들이 더 이상 부정적인 감정만을 남기지 않음을 이제는 안다. 다시 나를 보완하고, 성장하게 만들어 준다는 사실을 이해한다.

후회는 바탕이 되어 건강한 나를 만들어 가는 과정임을.

당신의 애정표현은
여전히 충분하지 못하다

김보민

나의 마음을 온전히 표현하지 못할 때, 우리는 후회한다. 어린 시절의 나는 표현하는 방법을 몰라서, 말하지 않아도 상대는 알아줄 거란 생각에 '괜찮겠지'라는 마음으로 넘어가곤 했다.

"한 번도 표현해 보지 못해, 어색하다는 이유로 아버지가 돌아가시기 전에 사랑한다는 한마디를 못 한 게 아직도 후회되는 일입니다"

'사랑한다' 단 네 글자는 말하기 가장 쉬우면서도, 말하기 가장 어려운 말이다. 40대 회사원은 용기 내지 못했던 후회에 대해 털어놓았다. 우리는 특히, 사랑하는 사람을 더 이상 만나지 못하는 곳으로 보내줄 때 후회한다. 그 말 한마디가 뭐 어렵다고, 입 안에서만 굴렸는지 자책한다.

누구나 비슷한 경험을 떠올릴 것이다. 인터뷰를 읽으며 나는 부모님을 대하는 나의 모습을 떠올렸다. 평소에 살가운 사람이 아닌 나는 좋아하는 사람에게 좋아한다는 마음을 잘 표현하지 못했다. 40대 회사원처럼, 어색하다는 이유로, 원래 이런 성격이고 부모님은 알아주실 거라는 안일한 생각으로 지내왔다. '딸들은 애교도 많더라, 부러워' 이 말은 나에게 전혀 해당되는 문장이 아니다. 나는 정반대이다. 기숙사에 올라와 살면서 부모님께 연락을 먼저 거는 경우는 드물었다. 나서서 애정표현을 하기보다는 할 말이 없냐는 말에 겨우 보고싶다고 답하기도 했다. 단순히, 내 성격이 이렇다는 이유 하나만으로 넘어간 일들이 수두룩했다.

이런 나에게 인터뷰는 내 머리를 한 대 치고 갔다. 부모님께서는 이런 나를 잘 알 것이라는 안일한 생각으로 살아왔던 내가 보였다. 회사원처럼 그동안 익숙한 사이에서 그런 말을 한다는 자체가 낯간지럽다고 생각했다. 부모님의 애정과 사랑을 오히려 당연시 여긴 것은 아닌가 진지하게 생각해보게 되었다. 친구들에게 '좋아하는 것에 미루지 않고 온전히 표현하는 사람만큼 멋진 사람은 없는 거 같다'라는 말을 종종 하곤 했다. 하지만, 인터뷰를 읽으며 아이러니하게도 나는 그러지 못했음을 깨달았다.

나와 당신은, 인지 부조화 이론cognitive dissonance theory에서 말하는 바와 같이 '어색하고 해본 적이 없다'라는 방패를 가지고 살아왔다. 부모님을 사랑하는 마음을 충분히 행동으로 표현할 수 있었지만, 그러지 못했다는 사실이 스스로를 괴롭히는 것을 견디지 못한 것이다. 스스로가 편하고자 '표현하는 것이 서툴렀다'라는 마음을 가지게 된 것이다.

그러니, 이제 우리는 인지 부조화 상태의 마음을 마주해야 한다. 성격을 내세워 표현하지 못했던 과거를, 앞으로의 미래를 정당화하지 말아야 한다. 회사원이 그때의 후회를 통해 자신을 마주하고 지금은 온전히 표현하는 것처럼 우리도 바뀌어야 한다. 이 글을 쓰는 나와 이 글을 읽는 당신이 앞으로 나아가기 위해서는 애정표현을 담을 수 있는 그릇을 가득 담고도 넘치도록 기꺼이 표현해야 한다.

당신의 애정표현은 여전히 충분하지 못하다

우리가 무슨 생각을 하느냐가
우리가 어떤 사람이 되는지를 결정한다.

———

-오프라 윈프리

나의 마음속의 가시

안은상

　흥분은 사람의 생각을 흐리게 만든다. 그리고 손과 입은 그 흐린 생각을 현실로 가져오는 역할을 수행한다. 생각이 온전하다면 그 사람의 언행에는 큰 문제가 없을 것이다. 자신이 내뱉은 말과 타인에게 보이는 행동이 어떻게 받아들여지고 어떤 반응이 나올지 충분히 이성적으로 생각이 가능하기 때문이다. 내가 가장 후회되는 순간 또한 위처럼 흥분과 생각 없이 내뱉은 말 때문에 발생했다.

　사람이 후회를 하는 데 그 이유를 물어본다면 말을 잘못하거나 행동을 잘못했기 때문에 그로 인한 특정 사건이 발생하여 초래된 결과에 대한 것임이 대부분이다. 누군가는 말실수를 해 싸우기도 하고 또 누군가는 흥분을 참지 못해 폭력을 휘두르기도 한다. 말실수를 해서 지인과 사이가 나빠지고 폭력을 휘둘러 상해를 입히고 법적 처벌을 받는 일이 발생한다면 그 사람들은 자기 자신을 조절하지 못했던 그 순간을 후회할 것이다.

내가 가장 후회하는 순간은 고등학교 3학년 때이다. 흥분을 조절하지 못하고 내뱉은 말 한 문장이 2년간 친하게 지냈던 친구를 잃게 만들었기 때문이다. 우리 학교의 도서관은 한 건물의 3층에 있었고 3층과 2층 사이 올라가는 공간에 의자가 있어 나와 친구들은 그곳에서 점심시간을 보내는 것이 일상이었다. 핸드폰은 등교하고 나서 수거하는 것이 일상이었기에 점심시간에 모인다고 해도 그저 떠드는 것이 전부였으며 학교생활 중 가장 재밌는 순간이기도 했다. 한창 친구들과 떠들면 막 행복하고 신이 나기도 한다. 재미없는 학교 수업들 사이에서 유일하게 푹 쉬면서 환기할 수 있는 시간이기 때문이다.

내가 가장 후회하는 일은 그때 발생했다. 친구들과 한창 떠들며 흥이 났을 때 내가 한 친구의 비밀을 말로 내뱉어 버린 것이다. 그 비밀이 엄청나게 큰 문제였냐고 묻는다면 그것은 아니었다. 되게 단순한 비밀이었고 딱히 공개된다고 해도 큰 문제가 없어 비밀이라고 할 수도 없었다. 다만 그 친구와 나만 알고 있었을 뿐이다. 그러나 그 이야기가 내 입에서 밖으로 튀어나오고 그 이야기가 그 자리에 없던 다른 특정 친구와 비교되면서 놀림감이 되어버린 것이다. 객관적으로 보면 큰 문제는 아니었다. 누군가를 모욕한 것도 아니며 인신공격을 하거나 욕을 하는 것도 아니었다. 단지 비교 대상이었던 사람을 내 친구가 많이 싫어했던 사람이었을 뿐이다. 그렇게 그 친구와 사이가 나빠지고 남은 3학년과 졸업 후에는 연락이 최종적으로 끊기게 되었다. 친하게 지냈던 친구 하나를 잃은 것이다.

여러 종교에서 공통적으로 금하거나 권장하지 않는 것이 있다. 그것은 바로 술이다. 술을 마시면 흥분이 차오르고 행동에 제동을 걸기 힘들어지고 판단이 흐려진다. 위 요소들은 불화를 일으키기 매우 쉬운 소재이다. 물론 이런 모든 것이 나쁘다는 것은 아니다. 술도 적당히 마시면 몸에 나쁘지 않고 적당한 흥분은 몸을 건강하게 하며 친구들 사이에서 좋은 분위기를 조성할 때 좋은 요소가 된다. 다만 감정이 사람을 잡아먹으면 후회할 일을 만들 가능성이 높아지기 때문에 언제나 이성을 잃지 않고 나의 언행이 어떤 영향을 불러일으킬지 판단할 수 있는 이성을 남겨 두어야 한다. 물론 누군가를 대할 때 이런 실수를 할 것에 대비해서 너무 이성적으로만 접근하면 냉정하고 인간미가 없어 보인다. 언제까지나 중간이 가장 나은 법이다. 흥분과 이성을 적절하게 통제할 수 있어야 언행으로 인한 실수를 최소화할 수 있을 것이다.

후회라는 이름의
쐐기를 뽑는 법

안은상

사람들은 살면서 후회를 하곤 한다. 누군가는 말을 하는데 실수를 하고 또 누군가는 행동을 함에 있어 실수를 하고 그로 인해 생겨난 결과를 안타까워한다. 후회는 기억 속에 남아 지속적으로 반추되어 죄책감 등을 불러일으키곤 한다. 나 또한 후회하는 일은 많다. 누구에게 못되게 군적도 있었고 돈을 흥청망청 낭비하다가 나중에 필요한 곳에 쓰지 못해 다른 사람에게 손을 빌린 적도 있었다. 가장 기억에 남는 후회는 내 말실수로 인해 벌어진 일이다. 내 말실수로 친구와 사이가 나빠져 끝내 연락이 끊어지는 일이 있었다. 욕을 하거나 누군가를 폄하한 것은 아니다. 그러나 그 친구의 마음을 잘 살피지 못하고 흥분에 몸을 맡겨 너무 생각 없이 한 말이었다. 이런 실수들은 내 마음속에 쐐기처럼 박혀 시도 때도 없이 떠올라 나를 괴롭히곤 한다.

그러던 어느 날 어떤 스님을 한번 뵌 적이 있었다. 어린 시절에 어머니와 종종 같이 가던 절의 스님이다. 이것도 벌써 10년 전이다. 그러다 최근 스님을 뵙고 대화를 나눌 기회가 생겼다. 나는 스님께서 주시는 차를 마시며 후회에 대한 이야기를 꺼낼 수 있었다. 스님께서도 나와 비슷한 경험이 있다고 하셨다. 누군가를 만나서 이야기할 일이 많으신데 워낙 직설적이신 편이라 말씀을 하실 때 직언을 자주 하셨다고 하신다. 하지만 그 때문에 지인과 멀어진 경험이 있다고 하셨다. 스님은 이 이야기를 하시며 안타까워하셨고 나 또한 내가 후회하는 일과 매우 비슷하여 더 공감이 되었다. 스님은 이 이야기 후 당신께서 얻으신 후회에 깨달음을 내게 말씀해 주셨다.

사람은 모두 살면서 후회를 한다. 사람은 완전한 존재가 아니기 때문에 어딘가 반드시 실수를 할 수밖에 없다. 우리가 알면서도 무언가 실수하고 실패할 때가 있는데 우리가 인지하지 못한 실수를 안 하고 예방하는 것이 어떻게 가능하겠냐고 하셨다. 사람은 후회를 하는 것이 당연하고 우리도 마찬가지로 후회를 한다. 후회를 하게 된다고 아무 일도 하지 않을 것은 아니지 않은가. 후회하는 것을 당연하게 생각해야 한다. 스님께서 가르쳐 주신 것이다. 사람이 후회하는 것은 당연하고 이를 반성하되 이에 매몰되면 안 된다고 하셨다. 예를 들면 내가 말실수로 친구와 멀어졌다고 한들 아예 타인과 말을 하지 않는 것은

후회라는 이름의 쐐기를 뽑는 법

아닌 것과 같다.

　사람으로 태어나 실수를 하는 것은 당연하며 이를 막기 위해 예방하고 노력하는 것은 충분히 할 수 있는 일이다. 후회를 하되 마음속에 깊이 담아두지 말아야 한다. 마음에 쐐기를 박은 채로 있어 봐야 좋을 것은 없으며 오히려 나 자신에게 고통을 주기만 한다. 후회를 하되 이를 너무 무겁게 받아들이지 않아야 정신적으로 건강한 일상을 보낼 수 있을 것이다.

고통이 너를 붙잡는 것이 아니다.
네가 그 고통을 붙잡고 있는 것이다.

―

-석가모니

내 마음속 감정들도 재생과
일시정지가 된다면?

정유민

이 세상에는 다양한 후회가 있다. 인생이라는 영화를 되돌아볼 때, '아, 그때 그 행동은 하지 말았어야 했는데!' 하고 번뜩 떠오르는 사건들이 있다. 바로 어제만 해도 나는 후회를 하였다. "아 오늘은 배달 음식 시켜 먹지 말걸" 하고 말이다. 이러한 크고 작은 후회들 속 인생을 살아가는 지금 나에게 최고의 후회를 찾아보려고 한다. 지금까지의 인생을 돌아볼 때 나의 선택으로 가슴이 답답해지는 사건이 있었는가? 나의 경우에는 유독 후회되는 일을 찾아보면 감정 조절에 실패하여 벌어진 일이 많았다. 샤워를 하다가도, 잠을 청하려고 누웠을 때에도 생각이 나는 그런 후회가 있다. 그럴 때면 이 세상에 존재하는 다양한 감정들을 모아 플레이리스트를 만들고 싶다는 생각을 한다.

필요할 때 그 감정을 재생, 일시정지 버튼으로 조절할 수 있었으면 지금의 후회가 없지 않을까?

지금까지의 나는 감정에 솔직한 사람이었다. 순간순간 느끼는 그 감정이 얼굴에 다 보이는 사람이었다. 사람들과 상호작용하면서 감정에 솔직한 것은 강력한 장점이자 단점이 될 수 있다. 함께 있는 사람들에게 지금 같이 있는 것이 불편한지, 기분이 좋은 건지 싫은 건지를 잘 표현할 수 있지만 그와 동시에 껄끄러운 분위기를 조성할 수 있다. 긍정적인 감정은 공유함으로써 좋은 시너지를 낼 수 있으나 굳이 타인과 공유하지 않아도 될 부정적인 감정도 있다. 청소년기에는 내 마음대로 되지 않을 때 가족들과 주변 친구들에게 불쾌한 감정을 표출했다. 사춘기라서, 감정 조절이 되지 않아서 그렇다며 스스로 변명을 만들어 합리화하며 사과하지 않았다. 나의 솔직한 감정 표현으로 타인을 불편하게 할 수 있다는 점을 간과했던 것이다. 딱 한 번만 더 생각해 보면 그렇게 짜증을 내지 않아도 될 상황이었는데 순간의 감정에 몰입하여 분노를 표출하곤 했다. 생각하지 않고 먼저 행동하였다는 점을 크게 후회했고 그 행동에 대해 사과하는 것이 무척이나 어려웠다. 그저 후회에서 한 단계 더 나아가 성장하고 싶었다. 순간마다 느끼는 모든 감정에 주의를 기울이지 않고 스스로 통제하기 위해서 많은 노력을 기울였다.

여느 때와 다를 것 없는 날이었다. 한가로운 오후 시간에 티비에는 〈어벤져스〉라는 영화가 재생되고 있었고, 어느덧 영화는 중반을 지나 하이라이트인 전투 장면이 나오려는 시간대였다. 그때 불현듯 해외로 돌아가는 사촌 동생에게 줄 선물을 정해야 한다는 생각이 나서 언니와 대화를 시도하였다. 그때의 나에게는 구입할 선물 결정이 먼저였고, 언니에게는 보던 영화를 마무리하고 결정해도 되는 일로 여겨졌다. 그 순간에는 대화에 집중하지 않는 언니를 이해하지 못하고 덜컥 화를 내며 영화를 중지시켰다. 이전부터 영화를 보던 언니는 짜증을 냈고, 나는 그에 질세라 더 화를 내고 방으로 들어갔다. 씩씩거리며 방에 들어온 뒤 내가 화낼 상황이 맞나 싶은 찝찝함이 계속되어 상황을 다시 곱씹어 보았다. 그저 서로의 우선순위가 다르기에 벌어진 일이었다. 정말 사소한 일에 얼굴을 붉혀가며 화를 냈다는 사실에 민망함만이 남았다. 또 감정을 조절하지 못했다며 좌절하는 대신에 더 쉬운 해결 방안을 선택했다. 후회되는 일은 이미 벌어졌고 지금 내가 할 수 있는 일은 잘못을 인정하고 사과하는 것이었다. 불쾌한 감정의 화살을 맞은 이에게 사과하기까지 많은 용기가 필요했다. 진심으로 잘못을 인정하니 가지고 있던 무거운 마음의 짐이 훨훨 날아가 한결 가벼워졌다. "미안해" 이 별거 아닌 짧은 한마디가 집 안에 가득했던 냉랭한 분위기를 녹여주었다.

어쩌면 감정의 재생, 일시정지 버튼은 유용하게 쓰일 수도 있다. 하지만 모든 이가 실수하지 않는다면 계산적인 관계가 난무하는 기계적인 사회가 되지는 않을까? 어쩌면 후회는 자전거를 배우는 과정에서 겪는 수많은 실패와 같이 성장의 디딤돌이 될 수 있다. 자전거를 배우는 과정에서 반복된 넘어짐으로 인해 많은 상처가 생길 수 있지만, 아픔을 딛고 페달을 계속 밟은 사람만이 자전거를 타는 법을 터득할 수 있다. 마찬가지로 인생을 살아가면서 후회되고 잘못한 일들이 생기기 마련이지만, 잘못을 인정하고 반성하면서 성장할 수 있다. 물론 잘못을 뉘우치고 사과하기까지 시간이 오래 걸릴 수 있다. 그렇지만 사과를 여러 번 반복하면 익숙해지게 되며 후회를 불편한 감정이 아니라 자연스러운 과정으로 인식할 수 있게 된다. 그러한 과정 속 후회는 나를 더 나은 사람으로 만들어 주는 매개체가 되었다.

말하지 않으면 몰라요

정유민

이건 살면서 후회가 수도 없이 많다는 할머니의 이야기이다. 할머니는 친정아버지에게 감정을 쏟아낸 것을 가장 후회하고 있다. 할머니가 어린아이였던 시절은 초등학교에 못 가서 제대로 된 교육을 받지 못했었다. 한동네 청년이 어린 소녀였던 할머니와 친구에게 밤마다 큰 칠판에 글자를 적으면서 몇 달 동안 가르쳐 준 것이 전부였다. 그런 시골에서 지내던 할머니가 결혼하게 되어 다른 지역에서 살게 되었다. 그곳에서 행복할 것이라는 생각과 달리 남편이 술을 마시면 스트레스를 할머니에게 풀었고 폭력을 행사하였다. 이러한 사실을 어디에 얘기할 수 없는 설움과 분노를 친정에 갈 때마다 아버지에게 표출하였다. 왜 나를 가르치지도 않고 멀리 시집을 보냈느냐고 말이다.

그러던 어느 날 아버지의 친구분이 따로 불러서 '오늘은 아버지한테 화내지 말고 가라. 너희 아버지 많이 가슴 아파하시고 후회하고 계신다'라고 하셨다. 그 말을 들었음에도 불구하고 이후에도 아버지에게 여러 번 화를 내면서 소중한 시간을 흘려보냈고 아버지가 돌아가시고 나서야 큰 후회를 하였다. 그때는 철이 없어서 부모님께 부정적인 감정을 모두 표출했었는데, 지금 와서 생각해 보니 그 누구의 잘못도 아니었다는 사실을 너무 늦게 깨달았다. 그래서 모든 감정을 그 누구에게도 표출하지 않고 속으로 삼키며 지냈다. 그런 부정적인 감정들이 쌓여 홀로 답답함만 느끼다가 우연히 친한 동네 사람들과 속얘기를 나눌 기회가 생겨 털어놓으면서 마음이 한결 가벼워지기 시작했다. 할머니가 부끄러워서 말하지 못했던 과거의 이야기를 말하고 나니 동네 할머니들도 쑥스러워서 말하지 않고 꽁꽁 숨겨두었던 이야기를 하기 시작했고 서로 공감해 주며 마음을 나누었다. 그렇게 자주 이야기를 나누면서 속에 담아둔 말들을 하는 것에 대한 거부감은 사라졌고 서로 고민을 들어주고 마음속 응어리를 풀 수 있는 친구가 되어가며 감정을 해소하였다. 일흔이 넘은 나이가 말해주듯 세월이 감정을 희석시킨 것이 아니라 주변 사람들과 주고받은 따뜻함으로 마음의 여유가 생기게 되었다고 한다.

내가 느끼는 감정이나 생각을 담아두거나 회피한다면 살면서 느끼는 다양한 감정들이 계속 쌓여 마음의 병이 생길 수 있다. 누군가에게 털어놓기까지의 과정이 어려울 수 있어도 가까운 사람들에게 말하면서 마음의 짐을 덜면 주변이 보일 것이다. 내 마음의 그릇에 담긴 불편한 감정과 후회를 덜어내면서 주변을 보고 좋은 감정을 담을 여유가 생길 수 있지 않을까? 할머니의 후회는 과거 자신이 했던 감정 표현에 대한 후회를 통해 건강하게 스트레스를 해소하는 방법을 깨우치신 점이 나와 비슷하다는 생각을 하였다. 할머니는 일방적인 감정 표출이 아니라 주위 사람과의 대화라는 감정 교환을 통해 서로 가진 마음의 짐을 덜어내고 계셨다. 나 역시도 감정을 적당한 선을 지키면서 표출하는 법이 어려웠다. 누군가에게 상처도 주고 또 상처를 받는 시행착오 끝에 일상의 작은 행복에 집중하는 방법을 배우게 되었다. 과거에 갇혀 나의 생각을 갉아먹으며 시간을 보내기엔 너무 아깝지 않은가? 그래서 나는 나에게 해가 되는 부정적인 감정들을 기억하기보다는 가족들과 등산을 하며 즐거운 감정에 집중하기를 방법을 선택했다. 혹시 누군가 내가 느끼는 부정적인 감정을 회피하고 혼자 삼켜버리기를 선택한 사람이 있다면, 자기에게 맞는 해소법을 찾아보기를 바란다.

내면의 태도를 바꿈으로써 삶의 외면도 바꿀 수 있다.

—윌리엄 제임스

· 정유민 ·

이번 기회로 책과 친해지려고 노력하는 학생입니다.

작은 변화

Keyword : 꿈/도전

반항을 꿈꾼 아이

김준석

가장 최고의 후회라 하면 아마 하고 싶은 걸 하고 싶다고 말하지 못한 일일 것이다. 너무 슬프게도 단순히 돈을 잘 못 벌 것이라는 부모님의 반대에 부딪혀서 그랬다. 물론 부모님의 마음도 이해가 가지 않는 것은 아니다. 그렇기에 하고 싶다 말하지 못하고 그냥 포기해 버렸다. 그게 너무 아쉽고 후회된다.

나는 성우가 하고 싶었고, 음악도 하고 싶었다. 처음은 막연하게 음악이 하고 싶었다. 취미로 하던 드럼을 계속하고 싶었고, 중학생 때, 밴드부를 잠깐 해보면서 음악에 대한 꿈이 상당히 커졌던 상태였다. 예고를 가고 싶다고 생각했고, 부모님에게 말씀드렸었더니, 예고는 너무나 한정적이게 된다며, 인문계 고등학교에 가도록 추천하셨다.

이때는 받아들였다. 막연하게 생각하던 꿈이었고, 부모님의 말씀이 훨씬 맞는 말이라고 생각했기 때문이다. 나는 성우를 하고 싶었다. 목소리를 쓰는 것에 어느 정도 자신감을 가지고 있었고, 만화영화를 좋아했기에 성우가 너무나 하고 싶었다. 그러나 이 얘기를 꺼냈을 때 부모님은 크게 반대하셨다. 굉장히 진지하게 꾸고 있던 꿈이어서, 부모님에게 몇 번이고 설득을 하려 했다. 그러나 부모님은 돈이 안 된다며 반대하셨고, 너는 재능이 없으니 안 될 것이라고 말하셨다. 배우면 된다고 부모님에게 몇 번 말을 해보았지만, 그럼에도 부모님을 설득하는 것은 쉽지 않았다. 단 한번도 이유를 물어보지도 않고, 나는 성우라는 꿈도 접게 되었다. 그때 고등학교 1학년이었다.

지금에 와서도 계속 생각나는 것은 "왜 반항 한번 안 했는가?"이다. 그때 차라리 부모님과 언성을 높여서 싸우기라도 했으면, 아쉽지도 않았을 것이다. 그러나 그냥 겉으로만 포기한 척, 다른 꿈을 찾은 척, 억지로 다른 일을, 공부를 하려고 하니 자꾸만 그때의 아쉬움이 아른거려 전혀 몰입이 안 된다. 분명 내가 하고 싶은 일이 나에게는 명확한 것인데, 마음속에만 있고 하고 싶다고 표현을 하지 못하는 것이다. 그게 너무나도 답답하고 화도 난다. 꿈에 대한 나의 의지는 너무나 하찮은 것이 되어버렸다. 지금도 무엇인가를 하고 싶다고 말을 못 꺼낸다. 이제는 내가 하고 싶은 것과 하고 싶다고 말해온 일의 차이가 너무 벌어졌다.

취업이나 진로에 관한 강의를 들을 때마다, 아직 젊다는 말은 다 거짓말 같다. 내 주변은 다들 하나의 꿈을 가지고 앞으로 나아가고 있는

반항을 꿈꾼 아이

데 나만 혼자 제자리걸음인 것 같이 느껴진다. 열심히 달렸다고 남들과 함께 달리고 있다고 생각했다. 하지만 결국 돌고 돌아 제자리다. 이런 나의 모습이 자꾸만 한심하게 느껴지고 뒤떨어지는 것 같다. 아직 시간이 많다는 게 잘 받아들여지지 않는다. 세상에서 가장 쉬운 일인 공부를 하는 것조차도 똑바로 못하는 내가 무엇을 할 수 있을지 의문밖에 없다. 나 자신에 대한 확증편향(confirmation bias)에서 벗어나질 못한다. 바뀌어 보려 해도 바뀔 노력을 하지 않고, 바뀌지 않은 자신에 대한 변명거리를 먼저 나의 자기혐오와 자기 불신감의 원천이 되었던 선택이다.

나의 자기혐오와 자기 불신감의 원천이 되었던 선택이다. 나의 의지로 단 한 번이라도 부모님에게 말을 했다면. 몇 번이고 거절당하더라도 포기하지 않고 달려들어 보았다면. 이렇게까지 무기력한 사람이진 않았을 것이라 생각한다. 자꾸만 반추하는 나쁜 기억이며, 나에게 있어 삶을 힘들게 만드는 주범이지만, 이런 후회라도 나는 무엇인가를 얻을 수 있었다고 생각한다.

이 후회를, 계속되는 추악한 반추를, 이 악순환의 고리를 한 번이라도 끊어낼 수 있다면 나의 삶이 더 좋은 방향으로 나아갈 수 있다고 생각한다. 그렇다면 비로소 나의 혼란스러운 정신상태에서 비롯된 이 모든 방황 아닌 방황들은 준비과정으로 치부하고 털어 넘길 수 있을 것 같다. 나는 아직도 어리숙하고 미숙하지만, 절박하다. 지금과 같은 나 자신은 싫고 바뀌고 싶다는 생각을 최근 들어 더더욱 강하게 느끼고 있다. 요즘 과거의 기억에 사로잡혀 후회를 계속 되새김질하며, 자꾸만 자신감이 떨어지고, 쓸데없는 자존심만 늘어가는 것 같다. 이 상태로는 안 된다. 바뀌어야 한다는 생각이 계속해서 드는 요즘, 반드시 나의 인생에서 가장 큰 터닝포인트를 만들 수 있는 가장 강력한 동기로서 이 후회를 사용해야만 한다.

후회를 만드는 기계

김준석

나에게 있어 반항은 꿈만 같은 일이었다. 하지 못했고, 할 용기도 없는 그런 행동이다. 반항 한번 하지 못한 것이 후회로 남아 있고, 이 후회로 인해 아직도 몸부림치고 있다. 하지만 내가 인터뷰를 했던 분들 중 나의 후회와 정확히 정반대의 후회를 하고 계신 분이 있다. 나의 동아리 선배인 현규 선배이다.

현규 선배는 할 수 있었지만 하지 않았던 일들의 집합을 최고의 후회라 정의했다. 특히 타인을 배려하지 못하고 자신의 감정을 쏟아냈던 일에서 후회를 크게 느끼고 있었다. 일례로 선배가 고등학생 때, 실용음악과 입시를 준비했었다고 한다. 그 과정에서 부모님과 많이 싸우고, 서로 해서는 안 되는 말을 하기도 하며 상처를 주고받았다고 했다. 선배님은 이 일로 인해 자신을 대하는 데에 영향을 끼치고 있을 것 같아 두려움이 있다고도 했다. 위 일은 현규 선배에게 있어 크나큰 후회였을 것이다.

나는 싸움을 굉장히 싫어한다. 귀찮아할 정도로 다툼과 싸움을 무의미한 것으로 여긴다. 싸울 때에 나타나는 감정소모와 서로 주고받게 되는 감정적인 언행들은 스트레스고, 매우 힘이 많이 드는 행위이기에 나는 회피에 급급하다. 감정을 잘 다루지 못하는 것은 미성숙한 것이라 여긴다. 그렇게 배웠으니까. 때문에 감정 자체를 남에게 표현하는 것을 심히 꺼려했다. 이런 환경에서 받은 영향이 나에게 독이었던 것이다. 물론 부모님에게 반항하지 않았던 것에는 여러 이유가 있을 것이다. 그렇지만 가장 큰 이유가 이 싸움을 싫어하는 성향일 것이다. 부모님을 설득하기 위해서는 아마 싸워야만 한다는 잘못된 계산이 자꾸만 되짚어 보는 후회를 만든 것이다.

현규 선배의 후회는 나에게 많은 것을 말해주었다. 결국 내가 반항하는 길을, 부모님에게 맞서 싸우는 일을 해보았더라도 결국 이후에는 후회를 가질 수도 있었다. 후회라는 것은 어떤 선택을 하든, 어떤 결과가 나타나든 간에 생길 수 있는 것이었다. 너무나 당연한 소리를 당연하게 깨닫기까지 많은 시간이 버려졌다. 많은 책에서, 지식인들이 항상 하던 말임에는 틀림없을 터. 후회는 어떤 선택을 하든 생길 수 있다고. 그러니 후회를 통해 자신을 성장시켜야만 한다고. 나는 머리로만 알고 있었다. 나의 후회는 다르다고, 누구보다 암울하다는 자기연민에 빠졌다. 그렇게 후회를 통해 성장하는 길을 완전히 막아버

후회를 만드는 기계

린 것이다. 일생일대의 선택을 한 것도 아닌 그저 청소년기에 부모님에게 반항 한번 못한 일들이 이렇게까지 후회할 일인지 다시 한번 생각해 보게 되었다. 내가 뭘 했든지 간에 후회를 한다면, 나는 후회를 다루는 것에 집중하는 것이 옳은 길이 아니었을까.

　나는 나의 후회를 이용하여 행복이라는 단어에 가까워지려 했다. 이렇게 생각을 하면서도 또 나는 후회를 하고 있다. 이런 사실을 알고 있었음에도 왜 바뀌려 하질 않았는가?라는 후회. 후회라는 건 결국 꼬리에 꼬리를 물고 다시 한 바퀴 돌았다. 왜 미리 깨닫지 못했을까?라는 생산성이 단 하나도 없는 그저 자기 파괴적인 후회를 다시금 들고 일어서게 되었다. 결국 '나'란 존재는 후회를 생산하는 기계와도 같다는 생각이 들게 되었다. 이 기계는 선택하지 못한 미래에 대한 아쉬움과 현재의 못남에 대한 책임, 그 모두를 과거의 자신에게 넘기는 아주 이기적인 행위를 반복한다. 후회는 과거의 자신에 대한 주먹질이다. 그리고 현재의 나에게 멍이 되어 고통을 준다. 미래의 내가 후회할 것을 알고 있기 때문에. 나는, 나 같은 사람은 받아들여야만 한다. 이 주먹질을 끝낼 방도는 없단 것을. 당연히 하는 이 '주먹질'을. 힘을 빼고, 가져다 댄다면. '주먹질'이 아닌 과거를 향한 '주먹인사'가 될 수 있다면. 좋겠다.

실패한 일을 후회하는 것보다,
해 보지도 못하고 후회하는 것이 훨씬 바보스럽다.

-탈무드

살아온 날들

김희준

　어릴 적 나는 마음을 둘 곳이 없었다. 철이 없던 형 때문이었다. 늘 밖에서 사고를 치고 들어와 집에서는 항상 부모님과 형 사이에 긴장감이 흘렀다. 조용한 날이 없었다. 이번에 아버지는 형을 얼마나 혼낼까? 어머니는 얼마나 괴로워할까? 하는 생각을 늘 하곤 했다. 가끔 새벽에 혼자 울던 어머니의 모습을 보기도 했다. 학교에서도 비슷했다. 나는 형처럼 되지 말아야 하지 하는 생각이 전부였다. 집과 학교 어디든 내 행동은 어색하고 불편했다.

　중학교 시절 나는 집과 학교 둘 중 한 곳은 없었으면 싶었다. 그래야 버틸 수 있을 것 같았다. 15살짜리가 어떻게 집을 나오겠는가. 학교를 무단으로 결석하기 시작했다. 등교하는 척 집을 나와 집 앞 탄천

길을 생각 없이 몇 시간씩 걷곤 했다. 아침 탄천길은 고요했다. 집과 학교에서는 느낄 수 없는 기분이었다. 그 고요함이 좋아 며칠을 그렇게 보냈다.

어느 날 어머니는 결국 나를 데리고 학교 교무실을 찾아갔다. 나는 왜 학교에 가기 싫은지 말하지 않았다. 말하기 싫었다. 나는 아무 말하지 않고 가만히 고개를 숙이고 있었다. 어머니는 나를 혼내지 않았다. 선생님께 그냥 내가 원하는 대로 학교에 다닐 수 있게 해달라고 부탁하셨다. 의아해하는 선생님 앞에서 어머니는 눈물을 보이셨다. 내가 착해서 혼낼 수 없다고 그냥 그렇게 해달라고 말했었다.

고등학교는 실업계에 들어갔다. 자유롭게 중학교를 결석하고 꿈도 없던 나에게 어울리는 곳이었다(비평준화였다). 형은 군대에 갔다. 처음으로 집은 조용해졌다. 나는 자퇴가 하고 싶었다. 아무것도 하고 싶지 않았다. 힘들었다. 이번에는 아버지가 나를 데리고 교무실로 갔다. 나는 왜 자퇴가 하고 싶은지 말하지 않았다. 나는 또 혼나지 않았다. 아버지는 깊은 한숨을 내쉬고 애가 원하니 그냥 해달라고 하셨다. 자퇴 처리가 됐다.

18살 나는 어느 곳에도 소속되어 있지 않았다. 집에만 있었다. 어머니와 아버지가 출근하면 시작되는 집의 고요함이 좋았다. 형이 없는 집 그리고 혼자 있는 집. 처음으로 아늑함을 느꼈다. 그냥 그렇게 10대를 보냈다. 아버지는 대학을 가는 게 좋지 않겠냐고 내게 물었다. 아무 곳이나 좋으니 말이다. 나는 이전에 봐 둔 검정고시 점수를 내신 삼아 전문대에 들어갔다.

일주일 만에 관뒀다. 20대의 시작? 새로움? 바라지도 바랄 자격도 없었다. 단지 20대가 10대와 비슷하게 흘러갈 것 같아 겁이 났다. 멈추고 싶었다. 이번에는 한 소리 들었다. 너는 자퇴가 습관이냐고. 그럴만했다. 꿈을 찾고 싶었고 오래 걸리지 않았다. 나는 심리학과에 가고 싶었다. 공부는 쉽지 않았다. 나는 남들 다 다니는 학교를 다니지 않았으니 말이다. 몇 년이 걸려 결국 붙었다. 처음으로 얼굴이 상기될 정도의 기쁨을 느꼈다.

원하던 대학을 다니기 시작했다. 기뻤지만 신나지는 않았다. 오히려 두려웠다. 대학에서 만나게 될 아이들과 나의 차이가 예상됐다. 나와 달리 아이들은 자신감이 넘쳐 보였다. 멋있어 보였다. 당연히 나와는 근본부터 달라 보였다. 강의나 과제에서 아이들을 마주할 때면 이러한 생각이 맞았음을 느꼈다. 도움이 되지 않는 무능력한 내 자신이 답답했다. 나는 하는 것도 없는데 하루하루가 바쁘게 느껴졌다. 그냥 그렇게 지금 어느새 4학년을 앞두고 있다.

지금의 내 모습이 만족할 만한 모습이 아니기에 과거에 한 선택들 전부 후회라고 볼 수 있다. 잦은 결석과 자퇴로 하지 않은 학교생활 그리고 늦게 찾은 꿈과 공부 등 말이다. 그로 인해 나를 향한 부모님의 눈물과 한숨까지 그렇다. 후회한다. 하지만 변화시킬 수 있는 현재에 과거를 들먹이며 후회하고 싶지는 않다.

하지만 변화시킬 수 없는 것, 내 가장 큰 후회는 10대의 즐거운 추억이 없는 것이다. 가장 젊고 마음껏 도전하고 실패해도 되는 나이, 자유롭게 놀아도 되는 나이의 추억이 나에게는 없다. 화목하지 않은 집안, 즐겁지 않던 학교, 우울함에 빠져 혼자 보낸 시간들이 전부다.

늦은 밤 홀로 회상할 만한 10대의 추억이 없음은 나를 더욱 외롭게 만든다. 추억은 내일을 살아가는 양분이라는 말이 있던데 이런 추억도 양분이 될 수 있을까 싶다. '그때 그랬었지…' 하며 웃을 수 있는 추억이 그립다.

"추억은 식물과 같다. 어느 쪽이나 다 싱싱할 때 심어 두지 않으면 뿌리를 박지 못하는 것이니, 우리는 싱싱한 젊음 속에서 싱싱한 일들을 남겨 놓지 않으면 안 된다" -생트뵈브

살아갈 날들

김희준

내가 정한 최고의 후회는 수도권 대학에 다니고 있는 내 친구의 후회다. 친구는 적성을 모르고 살았던 과거를 후회한다. 이유는 간단하다. 친구는 과거 삶과 현재 삶이 큰 차이가 있다고 생각한다. 수동적으로 살던 과거에 비해 현재는 능동적으로 살고 있다고 생각하는데, 그 변화의 시작이 적성을 알게 된 시점이라고 생각하기 때문이다. 나도 마찬가지다. 과거와 현재가 많이 달라졌다고 생각한다. 그리고 그 변화의 시작은 심리학이라는 적성을 찾은 순간이었기 때문이다. 하지만 이것이 내가 최고의 후회로 뽑은 이유는 아니다.

친구와 후회에 대한 인터뷰 중 나는 친구에게 물었다. 과거를 후회한다고 했는데, 그럼 당시에는 하루하루가 후회의 연속이었냐고 말이다. 친구는 잠시 고민하더니 아니라고 답했다. 당시에는 당시 나름대로 최선의 선택들을 했고 열심히 살았기에 후회하지 않았다고, 현재에 와서 과거를 돌아보니 후회로 여겨진다고 말이다.

나는 질문을 이어갔다. 그렇다면 과거를 후회한 이후 삶의 변화가 있냐고 물었다. 친구는 망설임 없이 답했다. 지금은 과거와 달리 뚜렷하게 잘하고 싶은 것이 생겼고 그러기 위해 매일 밤 내일의 계획을 세우고 잠에 든다고 말이다. 이 두 가지 대답이 내가 친구의 후회를 '내가 뽑은 최고의 후회'로 정한 이유다.

후회로 여기지 않던 과거들이 현재로 와 후회가 된다. 후회를 통해 과거와 다른 현재를 살거나 살기 위해 노력한다. 나, 아니 우리 모두 마찬가지일 것이다.

우리는 수많은 선택과 행동을 한다. 그리고 후회를 한다. 하지만 당시에는 모두 최선의 선택이었다. 실수가 아니었다. 행위의 결과를 보고 혹은 시간이 지나며 후회로 변한다. 행위의 결과를 알게 된 나, 그리고 시간이 지난 현재의 나는 과거의 나와 다르기 때문이다. 그래서 우리는 '그때 그랬더라면…'이라는 생각을 하곤 한다.

심리학에 '기본적 귀인 오류(fundamental attribution theory)'라는 개념이 있다. 사람들은 당시 상황의 힘을 과소평가한다는 뜻이다. 우리는 과거로 돌아가도 지금 과소평가하고 있는 상황의 힘으로 인해 아마 다른 선택을 하지 못할 거라는 말이다. 나는 심리학도지만 이에 반대한다. 후회하고 있는 우리는 다른 선택을 할 수 있는 사람이다. 후회를 통해 우리는 배웠다.

살아갈 날들

후회에 대한 명언 혹은 격언을 찾아본 적 있는가? 대부분 후회를 부정적으로 여기는 내용이다. 후회를 터부시한다. 후회하지 말라고 한다. 과거 나도 비슷하게 후회를 여겼다. 하지만 지금의 나는 오히려 후회를 하라고 말하고 싶다. 의식적으로 과거를 떠올리고 후회하라고, 후회되는 사건을 찾고 어떻게 상황을 바꿀 수 있었을지 생각하라고 말이다.

우리는 역사를 배운다. 실패한 역사를 되풀이하지 않기 위함이다. 후회는 우리의 역사다. 미국의 유명 소설가 스콧 피츠제럴드는 말했다. "나는 내 삶을 살고 싶다. 그래서 나의 밤은 후회로 가득하다"고 말이다. 우리는 후회를 통해 전보다 더욱 나은 삶을 살 수 있게 된다.

후회의 내용이 아닌 후회의 의미를 다시 생각하게 해준 친구의 후회를 최고의 후회로 정하게 됐다. 이번 프로젝트의 의의는 이것이 아니었을까 생각한다. 후회 그리고 발전.

후회하지 않는 삶을 후회하라.

========

-양광모

영원회귀

이결

 몇 번이고 되돌아가든, 이전과 달리 선택하거나 행동할 수 있다고 말하는 기세등등함을 내 안에서 찾을 수 없었기에 나의 후회는 차라리 움직이거나 말하지 않았음으로부터 온다. 말해야 하는 것을 말하지 않고, 해야만 하는 것을 하지 않은 적은 없었지만 만일 아쉬운 마음이 남아 제때 자라지 못하고 이전의 나이를 살게 만든다면 발언에 있어서 보다 담대하기를 어려워하는 성정이 있다. 이는 기로에 대한 선택의 중대사부터 가장 사소한 대답까지를 아우른다. 예컨대 음악을 하고 싶었지만 지레 거절당할 생각을 하고 말을 꺼내지 않았던 아주 어린 날과 같은 것들이다. 나는 자주 용감하게 자원하지 못했고, 무엇을 얼마나 원하는지를 말로 재구성하는 일을 아주 까다롭게 여겼다. 그렇게 활기차게 자신을 발산하는 일을 항상 두려워하면서도 부러워했다. 그러나 아무리 문장을 만드는 방법을 공부해도 생각은 항상 문자가 되어주지 않았으며, 나는 당장 계획이나 목표를 활자로 확인해야만 하는 이들에게-대개 이러한 사람들만이 나의 곁에 있었다-그들을 만족시킬 만한 대답을 할 수 없었다. 가령 아주 어릴 때의 이야기다. 나는 앉아서 하는 공부로 성적을 받는 일에는 영 맞지 않는 것 같다고, 그리고 내가 하고 싶은 일은 학교 밖에 있다고 조금이나마 얘기했지만 이런 말을 들어줄 만한 사람은 무엇을 원한다는 두루뭉술한 말보다 어떻게 이룰 건지에 대한 계획을 당장 말할 수 있으면 그때서야 한 번쯤 들어라도 줄 분이셨다. 실제로도 나는 마음은 컸지만 방법에 대해서는 잘 몰랐고, 말도 똑똑하게 할 줄 몰랐으니 이후로 몇 번을 더 얘기한들 오직 내가 독백하는 모양에서 그쳤다. 그래서 언제나 계획과 성취를 말하기에 요원한 사람이 되었고, 말은 뱉지 않고 저금만 했다. 자신이 깎여 몸통의 크기보다 앙증하게 남았고, 이후로는 땅이 스스로 확장할 수 없는 것처럼 몸집을 불리기는 고생스럽고 줄어들기는 순조로운 수순이 있었다. 당시에 조금 더 공들여서 설득하고, 어설프게라도 내가 원하는 지점에 어떻게 가까워질지를 고민해서 발표라도 해야 했을까? 하지만 말할 수 없음은 말하지 않고 골똘히 참을 수 있는 성질로 변해 유연해졌고, 내 성격이 과묵한 습관을 우울하게 여기지 않도록 했다. 떳떳하게 바라거나, 원하는 바를 말하기를 망설이던 버릇은 바야흐로 침묵을 견디는 일에 난색하지 않는 적성이 되었으니 이마저도 나는 아주 끔찍하게 후회한다고는 하지 않는다. 후회할 만한 일은 아예 나의 일부가 되었다. 이처럼 조용함에 대한 편애가 생겼으니 나를 뒤집어서 새로 조립하지 않는 한 이보다 더는 말할 수가 없다.

영원회귀

이 결

사랑함을 돌려 말하기보다도 아예 거꾸로 얘기하는 버릇이 든 사람이 있다고 한다. 그대를 사랑하고 아낄수록 나의 마음도 덩달아서 같은 크기로 쑥스러워 차마 말해야 할 때 말하지 못하고 고개를 돌려버리는 습관이 생겨버린 것이다. 결코 말을 아까워하는 것도, 생각을 낱말로 변신시키기에는 알고 있는 문자가 모자란 바람에 불가능을 답답해하는 것도 아니지만 어쩐지 사랑 앞에 서면 말수가 적어지고 간지럼을 타는 사람이 있다. 이들에게는 후회가 언제 만나도 이상하지 않을 인연이다. 심지어는 스스로도 그러한 잘못을 알지만 고치기는 어렵다고 한다. 나는 그러한 사람과의 대담을 보며 이렇게 생각했다. 사랑을 대함에 있어 솔직하지 못한다면 반드시 완전한 단절로 이어지곤 한다. 그대를 생각하고 있다고 고백하기가 부끄러워 입을 다물어 버린 날 이후로는 그대에게도 내가 그대를 생각하고 있음을 알 길이 사라지고, 당신을 사랑한다고 얘기하려면 나의 목 밑을 전부 발가벗고 속심을 꺼내야 할 것 같아서 겁이 나 온 마음의 크기 중에 한 톨만 간신히 떼어 어설픈 말솜씨에 섞어 내놓은 다음엔 그곳에서 일 푼도 차지하지 못하는 진심을 헤아려 주기 바라지 말고 모조리 오해당할 각오를 해야 한다. 나는 아무리 소극적으로 빚어지고, 내게 주저하는 날이 많았다고 하더라도 사랑에 있어서는 망설이고 나서 후회한 적이 없다. 처음 한 사랑은 곧 끝으로서 이 세상에 단일하고, 어쩌면 나는 그 일에 전신을 쏟느라 달리 곁눈질할 겨를도 내지 않았다. 나를 아까워하거나 후일을 두려워하지 않고 쓸수록 사랑하는 모든 날들에 만상의 기분을 다 느낄 수 있었다. 내게 있어 사랑을 말하는 것은 진심을 담기를 꺼리느라 한없이 짧아진 문장이 아니라, 어떻게든 정해둔 무게를 넘지 않으려 상한선을 간신히 지키고 또 수없이 깎고 다듬은 뒤에 그것을 소소하게 아쉬워하는 동시에 보람되게 여기는 것이었다. 열렬하기보다 다만 다정하고 은은하게 사랑한 적이 많은 사람도 그토록 후회했다. 나는 오직 사랑함에 있어서만 망설인 적 없는 나의 성질을 행운으로 생각한다.

무책임은 모든 예술에서 소중한 부분이다.

그것은 학교에서 알려주지 않는다.

—제임스 조이스

후회 없는 후회를

이인희

후회…. 내가 후회하는 것이 뭐가 있지? 이 글을 쓰기 위해 며칠을 대중교통에서, 자기 전에 누워서, 밥 먹으면서, 내 초등학교에서 중학교 시절이 고스란히 담긴 네이버 드라이브도 찾아보며 고민을 해 봤다. 뭔가를 해서, 하지 않아서 한 후회를 생각하면 참 여러 개가 있다. 친구 한 명의 단점을 알게 되고 매몰차게 대했는데, 시간이 지나고 보니 그건 그냥 그 애의 단편적인 하나의 특징이라는 것을 알았을 때, 고등학교 생활기록부에 독서 기록 부분이 누락된 것을 입시면접 바로 전날 발견했을 때, 무지개다리를 건넌, 5살 때부터 함께했던 강아지를 조금만 더 공부하고 잘 돌봐줄걸, 더 많은 시간을 보냈으면 좋았을걸 하는 후회…. 이렇게 큰 것부터 벌써 세 번째 내용을 갈아치운 에세이… 조금만 더 일찍 쓸걸, 아까 붕어빵 조금만 먹을걸, 유튜브 덜 보고 빨리 쓸걸! 같은 작은 후회까지. 심지어는 고르고 고르다가 인생 전반에 대한 후회까지도 끌어가 봤다. 이건 좀…. 태어난 게 후회된다는 거랑 마찬가지라 안 하는 게 좋겠다.

어쨌든 후회 하나를 골라서 쓰긴 해야 하는데… 계속해서 고민하다 보면 내 생각은 이렇게 흘러간다. 그런데 내가 그 후회의 순간에 돌아가 다른 선택을 하면 지금의 내가 더 나은 사람이 되어 있을까?

나는 이렇게 생각한다. 우리가 후회하는 그 순간에 이미 나의 잘못 또는 실수 알았기 때문에 후회를 하는 게 아닌가…? 더 나은 게 뭔지 알기 때문에 후회하는 게 아닌가? 근데 그 더 나은 것이 무엇인지 알기 위해서는 내가 잘못이나 실수를 해야 하지 않나? 그럼 나는 결국 그걸 겪어서 내가 있는 게 아닌가? 하는 생각들을…. 뫼비우스 띠를 빙빙 돌며 걷고 있는 기분이었다.

이래서는 안 될 것 같아서 후회하는 순간으로 돌아가는 건 그만둬 봤다. 그래서 후회 그다음이 뭔데! 하고 생각해 보니까, 후회는 결국 역사랑 비슷하지 않나? 우리가 역사를 배우는 이유는 그걸 반복하지 않고 더 나은 현실을 만들기 위해서고…. '그럼 그 후회를 하고 나서 내가 반복하지 않았는지를 확인해야겠구나' 하는 생각까지 도달했다.

그래서 내가 후회 이후로 바뀌었나 생각해 보니 속에서 뜨끔했다. 사실 바뀐 게 없어서…. 내가 잘못하고 싸울 때, 자존심 좀 상했다고 내 잘못을 인정하기 싫어서 괜히 뻗대놓고 '그냥 먼저 잘못했다고 할걸' 하고 후회하는 걸 벌써 22년째 하고 있고…. 미루고 미루다가 벼

······   후회 없는 후회를

락치기로 딱 그만큼의 성적을 받고서는 '더 하면 잘할 수 있었을지도 모르는데 그만 좀 미룰걸' 하는 생각도 벌써 초등학교 1학년 때부터로 따지면 14년째 하고 있지 않나…. 그래 놓고 또 이렇게 쓰면서도 '나만 그래? 다들 그렇게 살지 않나?' 하고 있다. 전혀 배우지를 못하고 있구나. 이렇게 또 후회한다.

나는 좀 뜨거운 맛을 봐야 후회에서 뭔가를 배우고 고치는 것 같다. 예를 들면 내 성격 같은 거? 나는 통제적이고 여장부 같으신 우리 엄마를 닮아 불같은 면이 있어서, 어렸을 때 친구들 사이에서 대장처럼 굴곤 했었다. 내가 옳지 않다고 생각하는 데에는 전부 달려들어야 했고, 내가 싫은 건 다들 다 싫어야 했고, 내가 좋아하는 건 다들 좋아할 거야! 하는 태도가 있었다. 그런데, 초등학교 고학년, 그리고 중학교 때 대도시의 학교로 옮기면서, 또 고등학교 때 다시 소도시로 전학을 가면서 이미 친한 무리 사이에 내가 중심이 아닌 내 자리를 만들어야 하는 과정을 거치면서 따끔한 맛을 좀 봤다. 그때서야 친구 한 명한 명을 제대로 마주 봐야 그 친구 안에 내 자리가 있을 수 있다고 하는 걸 깨달았던 것 같다. 또, 첫째 강아지가 떠나고서야 내가 책임지는 생명에게 어떤 사랑을 나눠야 하는지도 깨닫고 바뀔 수 있었다. 나는 소 잃고 외양간 고치기를 해야 고쳐지는구나….

그래서 나는 결론적으로, 후회만 하고 바뀌지 않은 것을 후회한다. 후회라는 건 하고 나면 다음에 바뀌는 게 중요하다. 그러니 그때로 돌아가서 어떻게 바꾸겠다고 생각하지 말고 그다음은 어떻게 바뀔지를 고민해야겠다고. 후회에 너무 파고들면 좋지 않다고, 후회를 그만두

자고 하기보다, 어떻게 해야 후회를 떨치고 더 나은 방향으로 향할 수 있을지 고민해야겠다.

후회 없는 후회를

후회의 선배

이인희

 내가 선정한 최고의 후회는 박종화 님 인터뷰이다. 인터뷰 내용이 나와 비슷했고, 내 에세이에 담긴 나의 일련의 고민들을 먼저 겪은 선배님 같다고 생각되어서 선택하게 되었다.

 난 고등학교 3년 내내 가족들과 떨어져서 기숙사 생활을 해야 했는데, 인터뷰이님은 첫 번째 질문인 '과거에 용기 내지 못했던 순간의 후회'에서 재수를 시작하며 기숙학원에 지내게 되고, 잘할 수 있겠느냐는 질문에 솔직하게 말할 용기가 없어서 센 척하며 대답했던 것에 대한 후회를 말했다. 답변을 읽으며 나의 고등학교 기숙사 생활 때의 생각이 참 많이 났던 것 같다. 나의 경우에는 약간은 반대로 센 척보단 어리광이 심했다. 가족들이랑 흩어진 만큼 서로의 생활이 달라질 수밖에 없는데도 어렸을 때처럼 가족이라면 무조건 다 알고 있을 거라고 생각해서인지, 솔직하고 제대로 나의 감정에 대해 이야기 하지 않고 무작정 이해만 바라면서 왜 이해해주지 않냐고 화를 많이 냈었던 게 생각났다.

인터뷰이님은 후회했던 순간으로 돌아갈 수 있다면 다른 선택을 하겠느냐는 질문에는 나와 비슷하게 '돌아가더라도 그때랑 똑같은 행동을 하겠다'고 답변했다. 그때의 경험이 지금 현재의 자신이 다음을 대비할 수 있게 해주고, 더 좋은 선택을 할 수 있게 좋은 영향을 줬다고. 비슷한 후회를 한 사람에게 해주고 싶은 말으로는 '그 후회를 하며 자신을 갉아먹기보다 후회한 뒤 다음엔 잘해야지 정도로 넘어갈 수 있으면 좋겠다'는 답변을 해주셨는데, 사실 조금 놀랐다. 앞서 말했던 대로 내 후회 에세이 전반에 걸쳐 내가 내린 결론에 가까운 답변이었기 때문이다.

내가 고민하며 작성한 나의 후회가 그리 대단하고 특별한 이야기를 담고 있진 않지만, 누군가 나와 같은 고민을 했었다고 생각하면 마음이 든든해지는 느낌이 있다. 혼자서 후회를 이야기하면 끊임없이 생각 위로 생각이 겹겹이 쌓여버리는데, 다른 사람도 그렇다고 하면 무거운 돌을 하나 나눠 든 기분이 들어서인지, 잠깐 쉬어갈 수 있게 된다.

그런 가벼움을 느낄 수 있게 해준 공감 가는 후회 인터뷰에 감사한다. 이 인터뷰를 선정한 이유를 적으면서, 다른 친구들이 썼을 후회 에세이를 생각해 봤다. 크고 작은 후회들을 모아 옹기종기 모여서 같이 들고 있다고 생각하면 든든해진다. 자신의 이야기가 너무 무겁게 느껴

· · · · · · 후회의 선배

질 땐, 듣는 이에게 짐을 얹는 기분이라 내 이야기를 나누기조차 힘들다. 난 그럴 때 나와 같은 경험을 한 사람의 이야기를 찾게 되는데, 어쩌면 이 책이 그런 도움이 될 수 있지 않을까 하는 생각도 들었다.

잠깐동안. 들어준다는 건 잠시 놓여나게 해주는 일이다.
잠깐의 시간을 주는 거다. 놓여날 시간.

-박연준,《여름과 루비》中

행복한 늦은 후회

정우진

작년 이맘때쯤 편입 시험을 치르고 합격한 편입생이다. 20살 초반에는 컴퓨터공학을 전공했지만 적성에 맞지 않다는 생각과 좋은 대학을 가고 싶다는 생각으로 편입을 결정하게 되어 현재 26살 남들과 비교했을 때 조금 많은 나이에 진로를 결정하게 되었다. 그래서 지금 이 시점에서 인생을 돌이켜 후회에 대해 곰곰이 생각해 보니 가장 후회되는 순간은 매 순간 진로선택에 있어서 소극적이며 회피하던 나 자신의 모습이다.

어렸을 때부터 나는 무엇인가를 하고 싶다는 뚜렷한 목표가 없었다. 그래서 항상 누군가 나에게 "커서 뭐가 될래?"라는 질문에 "아직 모르겠다"라고 대답했다. 그때 당시에는 어려서 내 대답에 굉장히 당당했다. 나는 아직 진로에 대해 생각할 시간이 많고 가능성이 무궁무진하다고 생각했기 때문이다. 그러나 이러한 안일한 생각으로 소중한 어린 시절에 진로에 대해 진지하게 고민하지 않고 시간을 보냈다.

그렇게 시간이 흘러 고등학교 3학년이 된 이후로도 아직까지 뚜렷한 목표가 없었다. 막연하게 이과이니깐 컴퓨터계열 쪽이나 반도체계열을 진학하면 되겠지라고 생각했다. 그렇게 스스로가 그래도 어느 정도 목표가 있는 사람이라고 자기합리화를 했다. 나는 이 막연한 생각을 실현시키기 위해 내가 할 수 있는 유일한 노력인 공부를 열심히 했다. 그래서 매일 독서실에 가서 공부를 하고 학원도 다니면서 내가 할 수 있는 최대한의 노력을 했다. 그러나 뚜렷한 목표가 없어 열심히 하기보다는 그냥 앉아서 공부하여 나름대로의 노력을 하고 있다고 자기합리화를 한다. 그래서 결국에는 수능에서 좋지 못한 성적을 거두게 되었다..

원치 않는 대학교와 별로 흥미도 없는 학과에 진학하게 되어 대학생활을 보내게 됐다. 당연히 흥미가 없으니 대학생활도 재미가 없었다. 그래서 하루하루가 정말 의미 없다고 느끼게 되고 심하게는 인생의 낭비라고 생각을 하게 되었다. 그런 생각이 들어도 자퇴를 안 하고 그 생활을 꾸준히 할 수밖에 없던 이유는 이 생활을 그만둘 다른 목표가 없었기 때문이다. 그렇게 의미 없는 시간을 보내어 졸업을 하게 되고 그 후 무엇을 해야 할지 몰라 일단 군대에 입대를 하게 된다.

군대에 입대하고 초반에는 선임들과의 생활과 훈련이 많이 힘들었지만 한편으로는 군대에 있는 순간만큼은 아무 생각을 하지 않아도 돼서 편했다. 그냥 일어나서 군대 하루일과표를 다 수행하고 나서 휴식하면 군인으로서의 나의 역할을 다하는 것이다. 그렇게 또 내가 반드시 해야 할 일에 대해서 회피하며 하루하루 시간을 보냈고 어느덧 전역을 하게 되었다.

전역을 한 후 그제서야 진로에 대해 진지하게 고민을 하게 되었다. 평소에 즐겨보던 〈그것이 알고 싶다〉, 〈실화 탐사대〉라는 프로그램에서 프로파일러로 나오시는 분들이 너무 멋있고 대단하다고 느껴 나도 저런 직업을 가고 싶다라는 생각을 처음 가지게 되어 심리학과를 고민하게 되었고 좋은 학교를 가고 싶기도 하여 가장 적합한 수단이 편입이라고 생각되어 준비를 하게 된다. 심리학과에 진학하고 싶다는 뚜렷한 목표가 있어 힘들어도 포기하지 않고 공부에 더 열중하게 만들어 결국에는 현재 내가 목표로 했던 가천대학교 심리학과에 재학하고 있다.

처음으로 내가 하고 싶다는 목표를 설정하고 그것을 이루려고 노력하고 결국에는 목표를 달성한 것 같다. 과거와는 비교할 수 없을 정도로 성취감을 느끼고 진취적이며 자존감도 올라가고 결과적으로 행복이라는 감정을 느끼게 되었다. 그런 행복함이라는 감정 때문에 지금 후회라는 감정을 경험할지도 모른다. 어렸을 때부터 나의 진로에 대해 진지하게 고민해보고 생각해 봤더라면 이 행복감을 남들과 동일하게 20살 때에 느끼게 되고 현재 26살에는 좀 더 행복하고 좀 더 진취적인 삶을 살 수 있었을 거라고 말이다.

만약 지금도 진로에 대해 고민을 안 하고 소극적이고 회피했더라면 후회라는 경험보다는 단지 그냥 무기력함과 우울함을 경험했을 것 같다.

작은 변화

정우진

후회에도 여러 가지가 있다. 인간관계에서의 후회, 과거의 하지 못했던 혹은 했던 말과 행동으로 인한 후회, 진로에 관한 후회 등이 있다. 수많은 사람들의 후회들을 봐왔지만 유독 공감이 되어 기억에 남은 후회는 바로 '최윤호 님의 후회'였다.

최윤호 님은 인생을 살면서 적성을 찾으려는 노력을 딱히 하지 않았고 목표가 없었다. 그래서 학창시절엔 목표 없이 마냥 공부만 하다 비교적 늦은 나이에 자신에 대한 적성을 찾았다는 점이 굉장히 비슷했다. 나 또한 내가 뭘 좋아하고, 뭘 하고 싶은지에 대한 고민 없이 살다가 뒤늦게 찾았다. 왜 이제야 관심 있다는 걸 알게 됐을까, 조금 더 일찍 고민했더라면 더 열심히 살 수 있지 않았을까란 후회를 하며 아쉬워하고 있다. 나와 비슷한 후회를 경험한 최윤호 님의 후회가 가장 기억에 남고 마음에 와 닿아 내가 뽑은 최고의 후회로 선택하게 되었다.

사소한 일이라도 한번 후회하기 시작하면 몇 날 며칠을 그 생각에만 빠지게 된다. 그 시간 동안 내 행동에 대한 자책과 자기비판으로 괴롭기만 하다. 그래서 어느 순간 후회를 안 하기로 다짐했다. 후회는 마치 내가 한 행동들이 잘못되었다고 인정하는 기분이었다. 그래서 어떤 결과이든 깊이 생각하지 않고, 만족스럽지 못하더라도 나의 최선이었다며 합리화하기 시작했다. 누군가의 기준에서는 열심히 한 것이 아닐지라도 나는 나의 자존감을 지키기 위해 나는 열심히 살고 있으며, 내가 할 수 있는 최선을 다한 결과라고 생각해야만 했다. 그러나 이번 에세이를 쓰면서 후회의 긍정적인 면도 있다는 것을 알게 되었다.

태어날 때부터 완벽한 인간은 없다. 수많은 선택으로 이루어지는 인생에서 후회할 일은 반드시 찾아온다. 이번에 후회 에세이를 쓰면서 다만 이 '후회들'을 우리의 인생에 지혜롭게 녹여내는 것이 중요하다는 것을 알게 됐다. 후회만 하면서 발전 없이 과거에 머무르는 사람보다는 '적당한' 후회를 통해 자신을 성찰하고 이를 통해 더 성장하는 사람이 되어야 한다. 그러한 작은 변화를 통해서 자신이 생각하는 이상적인 모습으로 가까워지게 될 것이다.

작은 변화

작은 변화가 일어날 때 진정한 삶을 살게 된다.

―레프 톨스토이

집으로 돌아가는 길

Keyword : 자기

자신에게 따듯한 지원자가 될 수 있다는 것

김지우

심리학에는 '자기 자비'라는 개념이 있다. 고통스러운 경험을 분명하게 알아차리고 수용하며, 자신에게 친절을 베풀고 비판단적인 태도를 취하는 것이다. 이러한 심리적 특성은 스트레스 상황에서 자기 자신을 보호하는 역할을 한다는 점에서 그 의미가 크다. 지난 학기에 건강심리학 과목을 수강하며 이를 처음 접하게 되었는데, 어린 시절의 내가 '자기 자비'의 개념을 알고 실천할 줄 알았다면 어땠을까 하는 후회가 문득 들었다.

10대 시절의 나는 스스로에게 자비를 베풀지 못하는 사람이었다. 성취에 대한 야망이 크고 강박적인 고집이 있었다. 원하는 바를 이루기 위해 엄격한 기준을 정해두었으며, 수행이 그에 미치지 못하는 경우에는 자신을 향해 날 선 비난을 퍼부었다. 스스로를 챙기는 위로나 돌봄과 같은 방법에 대해서는 정말이지 무지했다. 나는 너무 어리고 미숙했고, 그게 참 안타깝다.

나를 가장 돌보지 못했던 시간은 고등학교 3학년, 입시를 거쳐가던 때였다. 지금까지 해온 공부에 대한 뚜렷한 결과를 보여야 한다는 압박감은 나를 더 가차 없는 사람으로 만들었다. 우습게도 좋은 성적을 얻겠다며 스스로를 졸라매던 행위는 오히려 역효과를 낳았다.

거의 매일을 눈물로 보낸 기억이 난다. 밥을 먹다가도 울었고 세수를 하다가도 울었다. 일상에 피로감이 만연했으며, 즐거움을 잃은 상태였다. 체중은 갑작스럽게 10kg 정도가 증가했고, 어느 한 곳에 깊은 주의를 기울이기가 힘들었다. 심지어는 문득 죽고 싶다는 생각을 하기도 했다. 지금 돌이켜 보면 우울장애를 겪은 것이 아닌가 싶다. 결과적으로는 당연하게도 성적의 큰 하락을 겪었다. 3학년 1학기가 끝나갈 무렵 받은 성적표에는 난생처음 보는 등급이 기재되어 있었다. 그리고 이어진 자책과 절망은 약해져 있는 내가 도무지 견딜 수 없는 것이었다.

스스로를 아끼지 못한 그 시절이 안쓰럽다. 그때의 나에겐 내가 없었다. 결과로 드러나는 성과만이 있었을 뿐이다. 스스로에게 좀 더 관대할 줄 알았더라면 실패의 경험에서 오는 스트레스로부터 자신을 보호할 수 있지 않았을까. 고통스러운 상황에서도 정확하고 균형 잡힌 시각을 유지할 수 있지 않았을까. 입시라는 인생의 특별한 경험을 소중한 기억으로 남길 수 있지 않았을까. 그 시절의 행복한 추억 몇 가

자신에게 따뜻한 지원자가 될 수 있다는 것

지는 더 품고 살아갈 수 있지 않았을까. 어린 나의 미숙함을 따듯한 마음으로 보살피는 과정에서 또 다른 무엇인가를 배울 수 있지 않았을까 하는 후회를 하지 않을 수 없다.

그러나 이러한 후회는 그저 후회로만 남지는 않았다. 과거의 나를 향한 연민과 뉘우침이 인간 심리에 대한 호기심으로 바뀌었기 때문이다. 내가 겪는 고통에 대해 알고 싶었다. 괴로움의 원인에 대해 알고 싶었고, 바로잡는 방법에 대해 알고 싶었다. 후회했던 만큼 열심히 배우고자 했다. 그것은 고통스러웠던 과거의 자신을 향한 약간의 참회일지도 모른다. 그렇기에 대학에 들어가 배운 심리학의 모든 내용은 나에게 흥미로운 것이었다.

이제야 비로소 과거의 후회를 있는 그대로 마주하고 포용할 용기가 생겼다. 자신의 고통을 알아가기 위한 노력은 나를 조금 더 관대한 사람으로 만들었다. 더는 스스로 채찍질하지 않는다. 감정적으로 힘들어질 때 자신을 사랑하려고 애쓰기 시작했다.

과거의 부정적인 경험은 너무나도 치명적인 것이었기에 고통스러운 후회를 낳았지만, 그 후회는 결국 나에게 '인간 심리에 관한 탐구'라는 인생의 중요한 지표를 남겨주었다. 어쩌면 후회를 딛고 성장해냈다고 이야기할 수도 있을 것 같다. 이는 과거의 경험을 후회하지 않을 수 있게 되었다는 말이 아니라, 과거의 경험까지도 수용하고 사랑할 수 있게 되었다는 말이다.

후회의 가치

김지우

가천대학교에 재학 중인 22살 A 양의 이야기를 들었다. 나와 같이 스스로 친절하지 못했던 순간에 대해 후회하는 사람이었다. 자신의 감정을 직면하지 못하고 외면했던 과거를 돌이키고 싶다고 한다.

그녀는 부정적인 정서를 회피하려는 성향이 강하다. 바람직하지 않은 상황이 생기면, 그 일이 일어나지 않은 것마냥 자신을 속이고 현실을 부정하기도 한다. 부정적인 감정에 대응할 때, 이러한 과정을 반복하다 보니 안 좋은 일은 자동으로 기억에서 잊힌다고 한다. 문제는 계속 회피만 하다 보니, 힘든 상황 속에서 자신의 심정을 명확하게 헤아리기 어려워졌다는 점이다. 마음을 알아차리지 못하니 이를 언어적으로 표현할 수 없게 되었고, 자연스레 타인에게 감정을 전하는 것에 서

틀러졌다. 방치된 감정은 시간이 지날수록 쌓이고 곪아, 한꺼번에 터지게 되어 A 양을 고통스럽게 만들었다. 그래서 그녀는 자신의 마음을 돌보는 데에 미숙했던 지난날들이 후회가 된다고 한다.

A 양이 자신의 감정을 외면하게 된 계기는 가정에 있다. 그녀는 아버지를 엄격하고 강압적인 면모가 있는 분이라고 소개했다. 어렸을 적부터 아버지의 의견에 따르지 않으면 크게 화를 내셨다고 한다. 이런 아버지 밑에서 A 양은 감정을 억누르는 방법을 배우게 되었다. 가정 내에서부터 마음을 숨기고 표현하지 않는 것이 습관으로 굳혀지니까 성장한 후에도 자연스럽게 이러한 방식을 사용하게 되었다. 고통스러운 후회의 과정을 거친 그녀는 계속해서 자신의 마음을 무시하기만 해서는 안 되겠다는 생각을 했다. 그렇기에 마음을 분명하게 알아차리고 수용하는 방법을 연습하기 시작했다. 이전에는 부정적인 생각이 들면 모두 회피하려고 했는데, 최근에는 10번 중에 2, 3번 정도는 마음을 직면하고 누군가에게 털어놓는 등의 긍정적인 발전이 생겼다고 한다.

바람직한 후회는 과거에 대한 통찰과 미래의 행동 지표를 제공할 수 있어야 한다고 생각한다. 이러한 맥락에서 A 양의 후회가 인상적이었다. 그녀는 자신이 어떤 문제를 가지고 있으며 어떻게 변화해야 하는지 정확하게 인식하고 있었다. 부정적인 생각을 억압하려고만 했던 그녀가 자신의 결점을 있는 그대로 받아들이고 있다는 것만으로도 변화가 시작되었다고 할 수 있을 것이다. 나아가 그녀는 문제를 깨닫는 데서 그치지 않고, 그를 바로잡기 위한 방법을 행동으로 옮기는 모습을 보여주었다. 서툴렀던 과거를 그저 아픔으로만 남기지 않고, 성장의 발판으로 만든 그녀의 태도는 우리 모두가 배워야 할 것이다.

나의 후회와 A양의 후회는 '자기 자비'를 실천하지 못했다는 점에서 닮았다. 아마도 치열한 시대를 살아가는 많은 이들이 자신에게 친절한 법에 대해 미숙할 것으로 생각한다. 우리는 자신의 부정적인 경험을 분명하게 인식할 수 있어야 하며, 고통스러운 생각을 억제하지 않고 수용할 수 있어야 한다. 어떤 환경에서도 자신에게 자비를 베풀며 관심을 두고 돌볼 줄 알아야 한다. 스스로 인생의 유일무이한 지원자가 되어 고난과 역경 속에서 자신을 보호할 줄 알아야 한다.

그녀와 나의 후회는 각자에게 매우 고통스러운 것이었지만, 자신을 보살필 줄 알아야 한다는 귀중한 교훈을 남겼다. 그리고 두 사람 모두 미약하나 긍정적인 발전을 이루어 나가고 있다. 이러한 점에서 후회는 마냥 부정적인 것만으로 인식되어서는 안 된다. 우리는 후회를 통해 배우고 성장할 수 있다. 이를 마음에 새기고 살아가는 것은 앞으로의 인생을 더 풍요롭고 따뜻하게 만들어 줄 것이다.

후회의 가치

자신에게 가장 훌륭한 스승은 자기 자신이다.
자신이야말로 자신을 가장 잘 알고 있고 자신만큼
자신을 격려해주고 존중해주는 스승은 없다.

─탈무드

자기 자신에 대해
모른다는 것

박원균

좋든 싫든 사람은 누구나 살아가며 다른 사람을 만난다. 새 학년이 되어 처음으로 새 친구들을 만날 때, 시험이나 면접을 볼 때, 이 밖에도 새로운 누군가를 만날 때면 상대방은 어떤 사람인지에 대한 질문으로부터 만남이 시작되고, 나 또한 이 질문에 대답하게 된다. 하지만, 나는 다른 사람들에게 자기 자신에 대해 이야기하는 것을 유난히 어려워했다. 낯선 사람들 앞에서 말하는 것을 어려워한다는 문제 때문은 아니었다. 나는 나 자신에 대해 이야기를 해야 할 때 도대체 무엇을 말해야 할지 떠올리지 못했다.

정확한 시기는 기억이 잘 안 나지만, 새 학년이 되고 처음 등교를 했던 날이었다. 학년이 올라가고 새로운 1년이 시작된다는 것은 교실과 친구들, 그리고 선생님까지 눈에 보이는 모든 것들이 낯설고 새로운 순간을 또 한 번 맞이하게 된다는 것이다. 이는 곧 자기소개의 시간을 한 번 더 맞이해야 한다는 의미이기도 했다. 이전까지의 자기소개는 선생님께서 자기소개의 대략적인 형식과 내용을 마련해 주었기 때문에 깊게 생각할 것 없이 무난하게 차례를 넘길 수 있었다. 이름과 좋아하는 것, 그리고 친구들에게 하고 싶은 한 마디. 이름을 말하는 것은 정말 이름을 말하기만 하면 되는 것이고, 좋아하는 것은 단순히 같은 나잇대의 아이가 좋아할 만한 것을 적당히 이야기하면 되는 것이었다. 친구들에게 하고 싶은 한 마디는 "1년 동안 잘 지내자", "앞으로 잘 부탁해"와 같은 평범하고 무난한 모범 답안들이 있었기 때문에 큰 어려움이 있지는 않았다.

이번에도 어떻게 말을 해야 나쁜 인상이 남지 않을지에 대한 온갖 생각이 머릿속을 스쳐 지나갔다. 점점 머릿속이 복잡해지는 사이, 내가 자기소개를 할 차례가 되었다. 나의 이름은 박원균이고, 게임하고 노는 것을 좋아하고, 앞으로 1년 동안 잘 부탁해. 이번에도 무난하고 무난한 내용으로 분량을 채워 자기소개를 무사히 끝마쳤다고 생각했다. 문제는 그다음이었다. 갑작스럽게 선생님이 나에게 질문을 한 것이었다. 질문의 내용 자체는 크게 이상한 것이 아니었다. 그저 내가 게임하고 노는 것을 좋아한다고 했는데, 어떤 게임을 좋아하는지, 평소에는 무엇을 하고 노는지에 대한 질문이었다. 하지만 자기소개를 하면서 질문을 받게 되는 상황을 전혀 예상하지 못했던 나는 당황했고, 제대로 대답을 하지 못하고 말끝을 흐려버렸다. 그리고 그대로 어색한 박수를 받으며 다시 자리에 앉았다. 머릿속이 까맣게 복잡해진 것인지, 새하얗게 비어버린 것인지 구분이 안 되었다. 나는 더 이상 다음 순서의 친구들이 하는 자기소개에 집중할 수 없었다.

　내가 적지 않게 충격을 받았던 것은 단순히 대답을 제대로 못 했기 때문만은 아니었다. 나는 무엇을 대답해야 할지 전혀 떠오르지 않았다. 내가 나에 대해서 제대로 알고 있는 것이 없었기 때문이었다. 내가 좋아하는 것과 싫어하는 것은 무엇인지도, 나중에 어른이 되어서 하고 싶은 일은 무엇인지도. 무엇 하나 나 자신에 대해서 자신감을 갖고 이야기를 할 수 있는 것이 없었던 것이다. 나는 이 시기에 자기 자신에게 관심을 갖지 않았던 것, 자신의 목소리에 귀를 기울이지 않았던 것을 후회한다. 이후로는 내가 정말로 즐거움을 느낄 수 있는 것이 무엇인지 알아보기 위해 여러 가지 취미 활동을 경험해 보려 했다. 그저 주어지는 대로 지내려는 성향이 짙은 성격이었지만, 스스로 무언가를 시도하고 경험해 보려 했다. 목적지로 가는 길을 알려주는 지도나 안내판이 없더라도, 길을 찾기 위해 일단 앞으로 나아가 보자는 마음이 들었다. 그런다면, 시간이 지나고 내가 원래 원했던 목적지에 도착하지 못했다고 하더라도, 지금까지 지나온 길들이 나 자신에 대해 충분히 이야기를 해줄 것이라고 생각한다.

　　　　　　　　　자기 자신에 대해 모른다는 것

적성을 모른 채 지내온 시간

박원균

자신의 적성을 찾으려고 노력하지 않으며 지내온 시간들, 그리고 작은 계획이나 목표도 없이 막연하게 지내온 시간들.

나는 이 후회가 내가 후회했던 것과 비슷하게 맞닿아 있는 듯한 느낌이 들어 더욱 마음에 다가왔던 것 같다. 나의 후회는 나 자신에게 소홀하고 무관심했던 지난 시간들이다. 나는 내가 무엇을 좋아하고 좋아하지 않는지, 무엇을 하고 싶은 것인지 전혀 파악하고 있지 못했다. 모르는 채로 방치해 두고 있었고, 이것들에 대해서 알아보기 위한 작은 시도도 하지 않았다. 삶을 살아가는 데 있어 아무런 의미 없이 시간이 흘러가는 것을 지켜만 보고 있었다. 작은 먼지가 바람에 날려 다니는 듯이, 이렇다 할 목적도 목표도 없었다.

적성을 찾기 위해 노력한다는 것은 그다지 중요하게 느껴지지 않았다. 그냥 살다 보면 나에게 맞는 것은 자연스럽게 알게 될 것이라고 생각했다. 하지만, 이것은 잘못된 생각이었다. 이 때문에 목표 없는 삶을 살아오게 되었고, 지금까지 내가 살아온 모습을 되돌아볼 때면 나의 인생의 의미에 대한 의문이 생기고는 한다.

적성을 찾고 목표가 생긴다는 것은 삶이 수동적인 모습에서 능동적인 모습으로 바뀐다는 말이 있었다. 이 말은 내가 살아오면서 수동적이고, 어쩌면 무책임한 모습을 보였던 순간들을 되돌아보게 만들었다. 확실히, 나는 무언가를 해내기 위해 주도적으로 시도하고 노력하는 모습을 보였던 경험은 거의 없었다. 아니, 애초에 나에게는 하고 싶었던, 해내고 싶었던 것이 있었던가. 지금의 나는 과연 능동적인 삶을 살고 있는가?

솔직하게 말하자면, 나는 나의 후회 경험을 통해서 나 자신의 성장과 발전을 이루어 냈다고 자신 있게 말을 할 수 있을 정도는 아니라고 생각한다. 아직도 나는 앞으로의 인생이나 진로에 관한 질문에는 자신 있는 대답을 내놓지는 못하고는 한다. 하지만, 이 후회가 나의 마음속에 남아 있으면서, 내가 앞으로 인생을 살아감에 있어 나아가야 할 방향을 조언해 줄 것 같은 느낌을 받는다.

적성을 모른 채 지내온 시간

인간은 노력하는 한 방황한다.

───

-괴테,《파우스트(Faust)》中

집으로 돌아가는 길

정유진

처음 20살이 되었던 날 친구들과 새벽까지 술을 마셨다. 집에 돌아갈 시간이 되자 차가 끊겨서 한 친구의 아버님이 모두를 집까지 태워주셨다. 아버님이 주소를 물으셨을 때 나는 집 근처 사거리에 내려달라고 부탁드렸다. 하지만 아버님은 시간이 늦었으니 집 앞까지 태워주겠다며 다시 한번 주소를 물으셨다. 그 순간 나도 모르게 우리 집이 아닌 다른 건물의 주소를 말해버렸다. 그 당시 나는 오래된 주상복합 건물에 살고 있었다. 그리고 그런 나에 비해 같이 있던 친구들은 모두 좋은 아파트에 살고 있었다. 순간 그 차이가 부끄러워져서 나도 모르게 거짓말을 해버린 것이다. 그렇게 나는 우리 집을 지나 모르는 건물 앞에서 내렸고, 그 앞에 멍하니 서서 차가 골목을 빠져나갈 때까지 기다리다 집으로 돌아갔다. 생전 처음 느껴보는 수치심과 나에 대한 실망감 때문에 집으로 돌아가는 길이 한없이 길게 느껴졌었다. 평소 나는 우리 집을 참 아늑하고 따뜻한 공간이라고 생각했다. 우리 집을 부끄러워한 적도 없었고, 친구들을 집에 데려오는 데도 거리낌 없었다. 그런 우리 집이 한순간에 숨기고 싶은 공간이 되어버렸다는 사실이 너무 슬퍼져서, '비교'에 대해 곰곰이 생각하기 시작했다.

얼마 지나지 않아서 내가 그동안 타인과 나를 끝없이 비교하며 살아왔다는 사실을 깨달았다. 비교는 항상 열등감을 끌고 왔기 때문에 나의 일상은 자주 우울해졌고, 어느 순간 스스로를 초라하게 여기고 있었다. 주변 사람들이 나의 부족하고 못난 부분을 눈치챌까 두려워 진정한 나의 모습을 숨기고 무작정 다른 사람들을 따라 하며 오랜 시간을 보냈다. 비교로 인한 열등감을 애써 외면하고, 우월감이라는 거짓된 위로에 매달리며 보낸 학창시절은 나의 인생에 있어 가장 후회되는 시기였다. 그날 새벽 문득, 앞으로도 이렇게 타인과 나를 비교하며 살아간다면 나는 결코 행복해질 수 없을 것 같다는 생각이 들었다. 비교가 얼마나 스스로를 불행하게 만드는지 실감했기 때문이다. 사람에게 관심이 많은 성격 탓에 아예 타인과 나를 비교하지 않으며 살아갈 자신은 없었다. 분명 세상엔 내가 가지지 못한 것을 가진 사람들이 수없이 많이 존재하고, 그들이 부러워지는 순간은 또다시 찾아올 것이다. 다만 앞으로는 그런 사람들을 만났을 때, 비교에 매몰되어 나의 삶을 외면하는 일은 저지르고 싶지 않았다. 그래서 비교를 잘 조절하고 나의 모든 면을 있는 그대로 받아들일 수 있는 방법을 오래 고민했다.

고민 끝에 내린 결론은 나의 불완전함을 받아들이고 나에게 집중하자는 것이었다. 사람들은 모두 주어진 환경과 지나온 삶이 다르기 때문에 제각기 다른 장단점을 가진다. 애초에 누군가 가진 것을 다른 누군가는 가지지 못하는 것은 당연한 일이었다. 내가 가지지 못한 면을 타인이 가졌다고 내가 초라하고 부족한 사람이 되는 건 아니었다. 비교의 순간이 다가온다면 나에게 부족한 것은 무엇인지, 그것은 노력으로 극복할 수 있는 것인지, 정말 나에게 필요한 것인지를 이성적으로 판단하고 필요한 부분을 직면하면 되는 것이었다. 나는 어렸을 때부터 예민한 편이었고 이런 성격을 부정적으로 여겼다. 주변의 무던한 성격의 친구를 부러워했고 그렇게 행동하지 못하는 나를 한심하게 생각했다. 그런데 잘 생각해 보면 나는 이런 성격 덕에 다른 사람의 감정 변화를 잘 알아차리고 공감해 줄 수 있었으며, 성실하고 꼼꼼하게 일 처리를 할 수 있었다. 내가 가지지 못한 면에만 집중하다가, 심리와 관련된 진로를 꿈꾸는 내게 오히려 도움이 될 수 있는 성격을 부정적으로 여기고 숨기려 했던 것이다.

　앞으로는 나의 부족한 부분을 그대로 받아들이며 살아갈 것이다. 언젠가 남들보다 부족한 나조차도 온전히 받아들일 수 있고, 나의 부족한 면보다 장점을 먼저 바라볼 수 있는 날이 올 때까지 말이다.

집으로 돌아가는 길

어린 날의 고집

정유진

"과거를 돌아보면 '그때 그 말을 하지 말고 참았어야 했는데…' 하는 순간들이 많이 있다. 친구 사이나 가족 관계에서 참지 못하고 해버린 말들로 인해 큰 싸움이 시작되는 일이 많았다. 어릴 때는 내가 생각하는 것이 다 옳다고 생각하기도 했던 것 같다. 그래서 상대방이 내가 보기에 맞지 않는 선택을 하려고 하거나, 내가 생각하기에 조금이라도 이해가 되지 않으면 참지 못하고 반박을 하려고 했다. 나이가 들고 어렸을 때 내가 굳게 믿었던 것들이 항상 옳은 것이 아니었다는 것을 알게 된 지금은 그때의 내가 얼마나 시야가 좁고 고집이 셌는지 안다. 나이가 들면서 조금은 말을 아끼는 방법을 알게 된 것 같기도 하다. 그 시절에 대한 후회 덕분에 이제는 내가 하는 생각이 다 옳지는 않다는 걸 알게 됐고, 말을 아끼는 법을 배울 수 있었다"

　50대 나이의 C 씨는 어린 시절 주변 사람들에게 말로 상처를 주었던 순간들이 후회된다고 이야기했다. 어린 마음에 본인의 생각을 주변 사람에게 강요하고 고집을 부렸던 것이다. 나이가 들면서 자신의 생각이 모두 옳은 것이 아니라는 사실을 깨닫고, 본인의 행동이 잘못되었다는 것을 알게 되면서 그 시절을 후회하게 되었다고 한다. C 씨의 이야기를 읽으면서 나의 학창시절이 떠올랐다. 내가 인생에서 가장 후회된다고 꼽았던 그 시절의 나도 유난히 고집을 부리고 주변 사람들에게 내 생각을 강요하곤 했다. 지금 돌아보니 그 시절에 그렇게 고집을 부렸던 건 나 스스로가 나의 행동을 떳떳하게 받아들이지 못했기 때문이었던 것 같다는 생각이 든다. 그때의 나는 자주 타인과 나의 생각을 비교했고, 반드시 둘 중 하나만 정답일 거라고 생각했다. 그래서 내 생각이 틀릴 것 같은 순간이 오면 그 사실을 받아들이기 어려워서 무작정 나의 생각을 강요했다. 내가 나를 잘 알지 못해서, 사람들의 생각을 너무 옳고 그름으로 정의 내리려 해서 저지른 실수였다.

　심리학을 공부하고 상담을 받으면서 억압되어 있었던 나의 마음들을 하나씩 발견할 수 있었다. 그동안 나에 대해 잘 알고 있다고 자신했는데, 생각보다 나에 대해 모르는 게 너무 많았다. 이제는 나의 생각이 맞다고 고집을 부리는 것이 얼마나 어리숙한 행동인지 알고 있다. 과거의 실수 덕분에 이제는 사람들의 다양한 의견을 존중할 수 있게 되었고, 내가 틀릴 수도 있다는 사실을 받아들일 수 있게 되었다. 나의 말로 인해 상처받은 사람들, 끊어져 버린 관계가 존재하기 때문에 '그 당시 내가 했던 말'에 대해서는 여전히 후회가 되지만, 그때의 경험이 없었다면 지금처럼 생각할 수 없었을 테니 결국 나에게 좋은 성장의 기회가 된 것 같다. 후회에 대한 에세이를 작성하며 《예민함이라는 선물》이라는 책에서 읽었던 구절이 생각났다. "알 때까지는 알 수 없었을 것이며, 준비될 때까지는 도약할 수 없었을 것이다. 당신은 지금까지 줄곧 아주 '적절한 행동'을 해왔다" 그때의 실수와 후회가 없었다면 나는 지금 느끼는 감정과 생각들을 알 수 없었을 것이다. 후회를 통해 얻은 배움이 있다면, 더 이상 후회는 두려운 것이 아니라는 생각이 든다.

알 때까지는 알 수 없었을 것이며,

준비될 때까지는 도약할 수 없었을 것이다.

당신은 지금까지 줄곧 아주 '적절한 행동'을 해왔다.

========

-이미로,《예민함이라는 선물》, 89p

· 정유진 ·

가천대학교 심리학과에서 느리지만

꾸준히 꿈을 향해 나아가고 있습니다. 제가 지나온 곳들을 더

나은 곳으로 만들기 위해 노력하고 있습니다.

앞으로 가꾸어 나갈 저의 삶과 세상을 기대합니다.

주어진 지금,
이 순간을 신뢰한다는 것은

조수완

내 인생은 후회였다. 후회하는 것이 나쁨을 알면서도, 계속해서 곱씹어 나아지려고 했던 과정의 일부였다. 하지만 초라해 보였던 나와 달리, 다른 사람들은 모두 그 자체로서 의미 있는 사람처럼 보였다. 그렇기에 내가 아닌 모두가 각자 자리에서 빛나고 있는 것처럼 보였다. 다른 사람에게 뒤처지지 않기 위해서 끊임없이 노력했지만, 어쩌면 그건 가장 사랑해야 할 자신을 미워했던 시간이었을지도 모른다. 생각해 보면, 누군가와 끊임없이 비교하는 인생을 살았던 것 같다.

그렇게 자책과 후회를 멈추지 못했던 나에게 "그냥 잊어버리면 되는 거 아니야?"라고 조언하는 사람들이 많았다. 하지만 끊임없이 떠오르는 생각을 멈추기 위해 했던 모든 노력이, 결국 나 자신을 망가지게 하는 것 같아서 혼란스럽고 괴로웠다. 나를 도와주려는 사람과 좋은 능력을 가진 사람들은 많았지만, 실제로 나를 도와줄 수 있는 사람은 어디에도 없었다. 모두 나에게 지쳐서, "나는 너에게 도움이 되지 않는 사람인 것 같아"라고 말하며 떠나갔다.

주변으로부터 세상이 얼마나 다채로운지 귀로 듣는 사람처럼, 마음과 머리 사이에 마치 투명한 벽이 생긴 것 같았고, 감정은 길을 잃고 겉도는 것만 같았다. 누군가가 나를 좋아해 줄 수 있는 사람이 되고 싶었다. 이름처럼 빼어나게 완전한 사람이 되고 싶었다. 남들에게 실수하지 않고 좋은 기억으로만 남아 있는 사람이 되고 싶었다. 그래서 잘할 수 있다고 믿었던 무수한 반복을 통해 나아지려고 노력했다. 무수히 많은 시간과 반복이 통하지 않는 이것을 오롯이 담아보겠다고 고민했다.

바뀌는 건 없었지만 그렇다고 포기하고 싶지도 않았다. 전공하는 심리학에서 반추라는 개념을 접하게 되면서 나는 어떻게 해야 하는지 배웠다. 바뀌기 위해서는 생각 자체를 멈추는 것이 아니라, 무의식적인 사고의 흐름을 의식적으로 뜯어고쳐야만 한다는 것을 알게 되었다. 하지만 이는 생각처럼 쉽지 않았다.

나아질 수 있는 방법을 본격적으로 찾아보기 시작한 때는 대학교 1

주어진 지금, 이 순간을 신뢰한다는 것은

학년 겨울방학이었다. 어느 것도 마음에 들지 않았던 찰나, 복싱이라는 운동이 보였다. 어릴 때는 막연히 힘든 운동이라고 생각했지만, 그만큼 좋은 부분이 참 많은 운동이었다. 하지만 처음 운동을 시작했을 때는 그냥 힘들고 몸이 아프기만 했다. 하지만 간절했고, 잘하고 싶었기 때문에 누구보다 열심히 운동했다. 그렇게 운동하지 않았던 몸이 갑자기 무리하게 되자, 몸이 버텨주지 못했다. 갑작스럽게 양쪽 다리에 골막염이 생긴 것이다. 운동마저 포기해야 하나 싶은 절망적인 순간이었다. 하지만 관장님의 문자는 낙심한 나를 다시 붙잡았다. '수완 학생, 몸은 좀 어떤가요? 수완 학생은 잘할 수 있는 사람입니다. 2주 후에 꼭 만나요.' 누군가는 별거 아니라고 생각할 수 있는 가벼운 말씀이었지만, 그때의 관장님께서 보여주셨던 '신뢰'는 지금의 나를 있게 해주었다고 해도 과언이 아니다.

누구나 인생을 살면서 넘어지고 주저앉는 때가 있을 것이다. 하지만 확실한 점 한 가지, 신은 자신이 극복할 수 있을 정도의 고통만을 선물한다고 한다. 지금 우리가 살아가는 현재가 힘들더라도, 그 고통은 결국 극복하여 발전할 수 있는 '신의 선물'일 것이다. 그러니 지금 순간이 유독 나에게만 모질게 힘들다고 하더라도, 여러분은 그만큼의 고통을 이겨낼 수 있는, 어쩌면 남들보다 대단한 잠재력을 가진 사람일지도 모른다. 아무리 힘들어도 지금 주어진 모든 순간에 최선을 다한다면 언젠가는 반드시 나아질 것이다. 그러니 조금만 더, 조금만 더 힘내자!

과거를 어루만지는 법

조수완

　흔히 현재에 집중하지 않고 다른 생각을 많이 하게 되면 불행해진다고 한다. 하지만 현재에 집중하지 않는다고 해서 전부 불행해지는 것은 아니다. 미래의 자기 모습을 꿈꿀 수도 있고, 과거의 모습을 돌아보면서 개선점을 찾을 수도 있다. 이를 건강한 자기 성찰(self-reflection)이라고 한다. 하지만 문제가 되는 일에 대해서 반복적으로 생각하기도 하는 경우도 있는데, 이를 심리학에서는 자기 반추(self-rumination)라고 한다. 연구에 의하면 반추를 많이 하게 될수록 자존감이 낮아지고, 우울해지게 된다고 한다.

　이처럼 자기 성찰과 자기 반추는 과거를 바라본다는 점에서는 비슷하지만, 반추는 성찰과는 달리 부정적인 영향을 미칠 수 있다는 점에서 다르다. 나 또한 살아감에 있어 자기 성찰보다는 자기 반추를 자주 했던 편이다. 신중하고 걱정과 생각이 많았던 나는 지나간 과거에 과도하게 집착했고, 작은 일도 자꾸만 떠올리곤 했었다. "그때 내가 이렇게 행동했다면 어땠을까?" 혼자서 자꾸만 강박적으로 생각하다 보니, 자연스레 우울해지게 되었다. 하지만 운동을 시작하고, 살아가는 '지금', '현재'에 집중하게 되자, 그렇게도 바라던 생각의 흐름에서 조금이나마 자유로워질 수 있었다. 그렇게 혼자라고 생각했던 나의 주변에는 항상 좋은 사람들이 가까이에서 지켜보며 도와주고 있었다는 점을 깨닫게 되었다.

많은 사람을 만나보고 그들의 이야기를 하나하나 들어보면서, 감정을 느끼고 표현하는 방법들을 보고 배웠다. 그중에서도 한 학생이 인터뷰한 22살 여학생의 이야기를 듣고, 많은 생각이 들었다. 상황에 대한 부정적인 감정을 있는 그대로 직면하지 않고 잊어버리려고 했던 그녀는 그 기간이 길어질수록 자신이 느끼는 것들을 제대로 헤아리는 것조차 어려워졌다고 했다. 그녀는 이를 가정환경 때문이라고 말했는데, 특히 강압적이고 엄격한 아버지 때문에 자연스럽게 감정을 외면하는 것이 익숙해졌다고 했다. 하지만 주변 사람들에게 감정을 받아들이고 표현하는 방법에 대해서 배운 이후, 느끼는 감정을 표현하기 위해 더욱 노력한다고 말했다.

그녀의 이야기를 듣고 나서, 그녀는 나와 참 비슷하면서도 다른, 양면적인 속성을 가지고 있다고 생각했다. 특정 사건이 아닌 무언가를 했던 과거를 후회했던 점은 그녀와 비슷했지만, 무언가를 계속해서 외면해 오던 그녀와는 반대로 계속해서 곱씹어 나아지려는 과정을 겪었기 때문이다. 평소 생각이 많은 나머지, "힘들 때마다 까먹어 버리고 아무 일도 없던 것처럼 살아가고 싶다"라는 생각을 자주 했었다. 매번 강박적으로 반추하게 되는 나 자신이 싫었기 때문이었을지도 모른다.

그녀의 이야기는 반추뿐만 아니라 단순히 외면하는 것도 좋지 않은 결과를 초래하게 될 수 있다는 것을 깨닫게 해주었으며, 살아가면서 마구 차오르는 감정을 차분히 정리할 시간이 필요하다는 점을 알려주었다. 또한 내가 느낀 감정들을 상대에게 오롯이 전달할 수 있도록 표현하는 방법을 고민하게 되었고, 자신의 몸과 마음이 무엇을 말하고 싶은지 돌아볼 수 있는 시간이었다. 앞으로 사회생활을 하게 될 때도, 자기 자신이 중심이 되는 삶이 무엇보다도 중요할 것이다.

결국 중요한 것은 자신을 신뢰하는 것이다. 신뢰를 바탕으로 두려움에 진심으로 부딪힐 수 있는 용기를 가진다면, 행복에 한 걸음 더 가까워질 수 있지 않을까?

인생의 가장 큰 영광은 절대 넘어지지 않는 것이 아니라
넘어질 때마다 일어서는 데 있다.

-넬슨 만델라

두려워 도망간 지난날

진형준

　어느 날, 2020년부터 지금까지의 사진을 정리했다. 추억을 그저 묻은 채로 놔두기 싫어서, 사진 일기를 쓰기 위해서였다. 사진을 정리하고 보니, 그동안의 내가 변화하는 모습이 보였고, 잊었던 몇몇의 기억도 같이 떠올랐다. 그런데 한 가지 의아함이 생겼다. 항상 입는 옷이 비슷했다는 것이다. 모든 옷이 학창시절 부모님께서 사주신 옷이었고, 특히 항상 모자를 쓰고 있었다. 왜 옷을 사지 않았을까? 보통의 새내기라면 대학에 오고 옷을 많이 사기 마련이다. 돈이 없었던 것도 아니다. 특히 모자는 분명히 고등학교 때도 쓰고 다니지 않았다. 대학에 오고 나서 갑자기 쓰고 다닌 것이다. 왜 그랬을까?

　곰곰이 생각해 보다, 그 이유를 알 수 있었다. 1학년 1학기부터 2학년 1학기까지, 나는 '익숙한 것이 편하다'라는 핑계로 옷을 사지 않았다. 만약 옷을 사도, 기존에 가지고 있던 옷과 크게 다르지 않은 범주에서 선택했으며, 유명한 브랜드는 의도적으로 회피했다. 게다가, 나는 내 기본 모습을 '모자를 쓴 사람'으로 정하고, 어딜 가든 항상 모자를 쓰고 나갔다. 학교 수업은 물론이고, 가족여행에서도 마찬가지였다. 왜 그랬을까? 나는 두려워했다. 옷을 사지 않은 것도, 새로운 옷을 입고 가면 사람들이 '꼴에 꾸몄네' 하고 생각할까 두려웠다. 모자를 쓴 이유도 비슷했다. 그 당시 나는 투블럭 헤어스타일을 하고 있었는데, 반곱슬 머리의 특성상 옆머리가 자꾸 올라왔다. 다른 사람들이 그 모습을 보고 '정리도 안 하고 다니네'라고 생각할 것 같아서, 아예 옆머리를 가리고 다니기 위해 모자를 쓰고 다녔다. 다른 사람들이 날 비웃을까 두려워서 꾸미지 않았고, 항상 같은 모습을 유지했으며, 타인에게 다가가지 못했다. 다른 사람들이 다 잠재적으로 날 비웃을 것 같았다.

그러다 2학년 1학기가 종강하고, 방학을 틈타서, 새 헤어스타일에 도전해봤다. 혹시나 머리가 어울리지 않으면, 다시 길러서 원상복귀 시키면 된다고 생각했기 때문이다. 그러나 머리는 생각보다 잘 어울렸고, 2학기에도 같은 머리로 나갔다. 사람들의 반응은 그동안 내가 생각한 것과 정반대였다. 비웃긴커녕, 별 관심도 없었다. 특히, ROTC 훈련을 가면서 더욱 알게 되었다. 3학년 1학기 개강을 하고, 군복을 입고 다님에도 크게 신경 쓰지 않는 걸 보면서, 확실해졌다. 사람들은 잠재적으로 누군가를 비웃으려 하지 않으며, 오히려 상대방에 관심이 없는 것에 더 가깝다. 그래서 나도 셔츠, 라이더 자켓, 코트 등 여러 옷을 시도하고, 도전했다. 또 학과 활동과 동아리 활동에도 참여하여, 동기 및 후배들과 즐겁게 놀았다. 그리고, 처음 만난 사람과 여러 가지 대화도 나누곤 하였다. 그렇게 행동하다니 보니, 누구도 나를 이상하게 생각하지 않았다. 오히려 내게 잘 다가오게 만드는 계기가 되었으며, 나 또한 많은 후배들과 친해지는 계기가 되었다. 과거의 나는 절대 생각하거나 하지도 못할 일이었으며, 오히려 '인싸'라고 생각했을 것이다.

그리고, 다른 사람들을 두려워한 지난날이 후회되었다. 아무도 신경 쓰지 않는데, 나 혼자 위축되어 다른 사람들을 두려워했다. 두려워서 변화를 의도적으로 회피했고, 남들과 어울리지 못했다. '사람들은 타인에게 잠재적으로 친절하다', '사람들은 생각보다 타인에게 관심을 가지지 않는다'라는 생각을 더 빨리 가졌으면, 나는 동아리 활동이나 다른 친목 활동에서 더 적극적으로 행동했을 것이고, 더 빨리 '인싸'가 되었을 것이다. 3학년도 끝나고 4학년을 바라보는 지금은, 고학번에 대한 인식 때문에 일부 행사 참여에 대해 망설여지고, 동기 내의 친목형성은 사실상 끝났다고 느껴지기 때문이다.

자신이 '아싸'라고 생각한다면, 두려워할 필요 없다. 나는 아싸이기 이전에 '나'그 자체이므로, 나 자신에 집중하자. 나를 보는 시선이 나의 분위기를 결정하고, 내가 다른 사람들을 대하는 태도와, 다른 사람들이 나를 보는 시선을 결정한다. 그러므로, '아싸'라고 생각해서 주저하지 말고, 다른 사람들을 두려워하지 말자. 모든 사람들은 대개 잠재적으로 친절하기 때문이다.

나만의 고유한 퍼스널 컬러

진형준

인터뷰를 진행하며 3가지의 후회를 들었고, 다른 사람들의 축어록을 보며 87가지의 후회를 탐색했다. 그중에 나에게 제일 와닿는 후회는, 내가 인터뷰한, 한국방역시스템의 기획실장으로 근무하고 있는 여준호 님의 소심했던 과거에 대한 후회이다.

그는 대학생 시절에 항상 학생회에서 활동하고, ROTC에서도 대대장 역할을 했었으며, 훈련과 OBC 과정에서도 항상 상위권에 있는, 소위 말하는 '모범생' 혹은 '과탑' 그 자체로 살아왔었다. 처음 인터뷰하면서 느껴진 모습은, 마치 태어날 때부터 정해진, 리더를 하기 위해 태어난 사람 같았다. 그러나 인터뷰를 계속하면서 의외인 점을 알게 됐는데, 오히려 중학교 2학년 전까지는 소심한 사람이었다는 것이다.

중학교 2학년 이전에도 친구들을 많이 사귀고 싶었지만, 그 방법을 몰라 학교에서 유명한 친구 무리들과 가까이 지내려고 노력했었다. 그러던 중 우연한 동기로 학교 학예회에서 마술 쇼를 했었고, 이를 성공적으로 마치며 '나도 저 유명한 애들처럼 될 수 있다'라는 자신감을 얻었다. 이러한 자신감으로 비트박스도 배우고, 기타도 배우고, 이렇게 배운 것을 친구들에게 보여주면서 인기가 많아지고, 점점 외향적으로 바뀌게 되는 계기가 되었다. 그는 이런 과거를 회상하면서 '나만의 물레방아를 걷고 있다'라고 정리했다. 유명한 무리와 친해지는 게 아닌, 자기 자신을 뽐내 인기를 올려 외향적으로 바뀌었기 때문이다.

그의 인터뷰를 정리하며, 이러한 모습이 나의 대학생활과 유사하다고 느껴졌다. 나 또한 2학년 1학기까지 소심한 성격으로 살았으며, 꾸미는 방법을 모른다는 핑계로 회피했다. 그러던 중 우연한 동기로 가일 컷에 도전했고, 생각보다 잘 어울렸던 모습에 자신감을 얻었다. 그리고 마침 2학기에 경제적으로 많이 여유로워져서, 여러 가지 옷을 찾아보고, 새로 사고 입어보았다. 내 생각과 반대로 옷은 꽤 잘 어울렸고, 꾸몄다고 해서 누군가가 비웃는 일도 없었다. 나는 이러한 결과로 자신감을 얻었고, 예전보다 더 외향적으로 행동하게 되었다. 그렇게 나는 여러 동기, 후배들을 많이 알게 되고 또 친해졌으며, 지금도 다른 사람들과 잘 어울리고 있다. 솔직히 말해서 지금 내 모습을 과거의 내가 본다면, "인싸 다 됐네"라고 말할 것이다.

물론, 나는 100% 인싸인 건 아니다. 하지만, 내 스스로를 보는 시선은 완전히 달라졌다. 예전의 나는 나 자신을 '불쌍한 아싸'로 인식

나만의 고유한 퍼스널 컬러

하곤 했다. 하지만, 지금의 나는 나 자신을 '그냥 나'로 인식하고 있다. 지금도 새로운 옷을 찾아 나에게 어울릴까 생각하고 도전한다. 또한 자전거 타기, 칵테일 등 여러 취미를 즐기며, 여러 뮤지컬, 연극, 영화 등을 보면서 여러 경험을 쌓고 있다. 더 이상 내가 아싸든 인싸든 상관없다. 오히려 이러한 도전과 경험이 내 인생을 더욱 즐겁게 만든다.

그의 후회와 내 후회에서 공통적으로 얻은 교훈이 있다면, '결국 나는 나'라는 것이다. 성격이 외향적이든 내향적이든, 인싸든 아싸든 그에 위축될 이유는 없다. 오히려 나 자신의 매력을 찾고, 만들고, 발전시키면, 다른 사람들이 말하는 '친해지고 싶은 사람'이 될 것이다. 즉, 내가 나를 보는 시선이 나의 분위기를 결정한다. 나의 분위기를 긍정적으로 만드는 방법은, '나 자신'에 집중하는 것이다. 나 또한 다른 사람들처럼 가치 있고, 매력적인 사람이기 때문이다.

누군가가 꽃을 가져다주기를 기다리지 말고,
자신만의 정원과 영혼을 가꿔라.

― Veronica A. Shoffstall

심영준 -

가천대학교 심리학과 1기, 2대 20학번 과대표.
ROTC 62기 사관후보생.

후회하는 당신에게
들려주고픈 후회 이야기

초판 1쇄 발행   2023. 2. 13.

지은이   강다원, 강수빈, 김민경, 김민지, 김보민, 김준석, 김지우, 김희준,
　　　　　박원균, 박지연, 박지영, 박채연, 방하은, 송민주, 신혜정, 안은상, 양예은,
　　　　　이결, 이인희, 정우진, 정유민, 정유진, 조수완, 조아림, 지가람, 진형준, 홍다영
엮은이   최혜만
펴낸이   김병호
펴낸곳   주식회사 바른북스

편집진행   김재영
디자인   박시현

등록   2019년 4월 3일 제2019-000040호
주소   서울시 성동구 연무장5길 9-16, 301호 (성수동2가, 블루스톤타워)
대표전화   070-7857-9719 | **경영지원**   02-3409-9719 | **팩스**   070-7610-9820

•바른북스는 여러분의 다양한 아이디어와 원고 투고를 설레는 마음으로 기다리고 있습니다.

이메일   barunbooks21@naver.com | **원고투고**   barunbooks21@naver.com
홈페이지   www.barunbooks.com | **공식 블로그**   blog.naver.com/barunbooks7
공식 포스트   post.naver.com/barunbooks7 | **페이스북**   facebook.com/barunbooks7